KB014738

Saenai
heroine no
sodate-kata. 2
Presented by Fumiaki Maruto
Illustration : Kurehito Misaki
마루토 후미아키
= 지음
미사키 쿠레히토
= 일러스트
시원찮은
히로인
그녀를 위한
육성방법
Z
Z
Z

카토
메구미
Megumi Kato
3cc
“……나, 이런 표정
지은 적 없어.”

사와무라 스펜서 에리리
Eriri Spencer Sawamura
“응, 좋은 표정이야, 카토 양.”
……미안하지만 결론을 좀 미뤘으면 좋겠어요.”
아키 토모야
Tomoya Aki

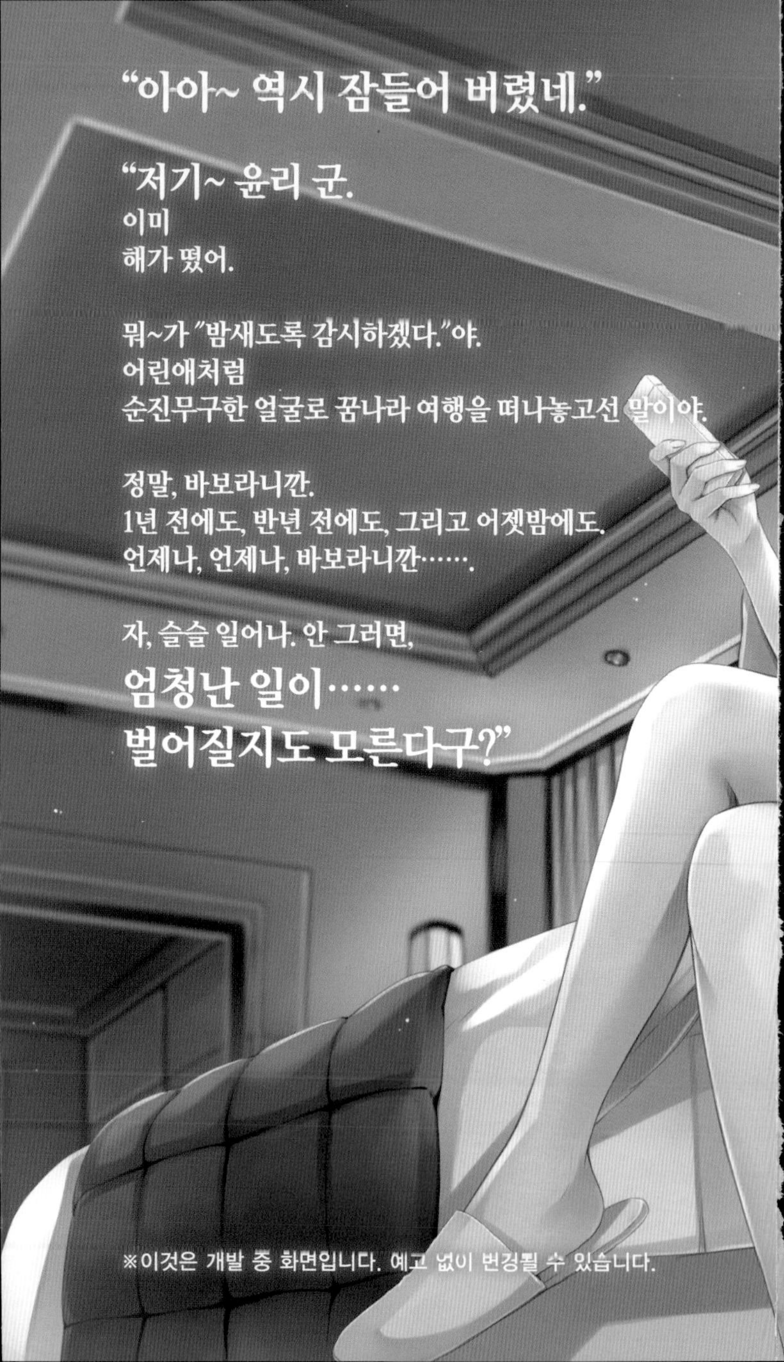

"아아~ 역시 잠들어 버렸네."

"저기~ 윤리 군.
이미
해가 떴어.

뭐~가 "밤새도록 감시하겠다."야.
어린애처럼
순진무구한 얼굴로 꿈나라 여행을 떠나놓고선 말이야.

정말, 바보라니깐.
1년 전에도, 반년 전에도, 그리고 어젯밤에도.
언제나, 언제나, 바보라니깐…….

자, 슬슬 일어나. 안 그러면,
엄청난 일이……
벌어질지도 모른다구?"

※이것은 개발 중 화면입니다. 예고 없이 변경될 수 있습니다.

동인 게임 기획서(제1판) 2012/07 카스미 우타코
■ 타이틀 : 윤리 군의, 윤리 군에 의한, 윤리관으로 가득 한 초(超) 건전 미소녀 게임
장르 : ADV
카스미가오카
우타하
Utaha Kasumigaoka
"대체 언제까지
기다리게 할
거야……?"

시원찮은 그녀(히로인)를 위한 육성방법 2

마루토 후미아키 지음
미사키 쿠레히토 일러스트
이승원 옮김

목차

프롤로그

방과 후의 시청각실을 비추는 석양빛이 초봄보다 강렬해진 6월 중순…….

"토모야, 너 지금 무슨 소리 하는 거야?! 이달 말까지 캐릭터 디자인을 끝내라고?! 무리야, 무리!"

……하지만, 그런 계절의 변화를 전혀 아랑곳하지 않는 듯한 이 새된 고함 소리는 이제 일종의 양식미(樣式美)이리라.

"러, 러프만이라도 괜찮아!"

"러프가 아니라 콘티도 무리야. 다음 주 주말에 열리는 이벤트에 신간을 내야 하는데, 아직 한 페이지도 못 그렸단 말이야."

"그런 한심한 속사정을 털어놓으면서 힘껏 가슴을 펴봤자 가슴이 커 보이지는 않을 것 같은데 말이야."

"아, 모티베이션이 더 떨어졌어. 이걸로 디자인이 영원히 완성되지 않는 플래그에 돌입한 것 같은데?"

자신을 위압적으로 보이려고 오버스럽게 행동하고 있지만, 조그마한 체구 탓에 어린애가 떼를 쓰며 난리를 피우는 것처럼 보였다.

뭐, 그런 결점이 있기는 하지만, 석양빛을 받아 찬란히 빛나며 흔들리는 황금색 머리카락은 나를 제외한 다른 녀석들 눈에는 매우 아름다워 보일 것이다.

겉모습은 완벽한 위장 학교 아이돌.

화가의 탈을 쓴 에로 동인지 작가.

흉악한 금발 트윈 테일.

역사의 어둠 속에 봉인된 소꿉친구 속성.

사와무라 스펜서 에리리.

"그렇다면 어쩔 수 없지. 그럼 7월 중으로 러프 완성해줘."

"여름 코믹마켓 신간을 준비하느라 한창 바쁠 시기에 그딴 걸 할 시간이 어디 있어. 말이 되는 소리를 하란 말이야."

"너, 기말시험은 아예 안중에도 없지?"

"……여름 코믹마켓이 끝나면 바로 코믹트레저 준비를 시작해야 해. 접이식 소책자라고 해도 신간을 낼 예정이란 말이야."

"왜 시선을 피하는 거야?"

"게다가 10월에는 선샤인 크리에이션이 열리고, 그 후에는 바로 겨울 코믹마켓 준비를 해야 해. 그러니까 올해는 다른 일을 할 짬이 없어."

"너, 작년이랑 스케줄이 완벽하게 똑같잖아!"

"걱정하지 마! 내년도 올해랑 똑같을 거야!"

"우선순위 낮은 의뢰를 한 상대에게 "다음에 기회가 된다면~."이라고 말하는 것 같은 그딴 가능성 제로 발언은 집어치워!"

애니메이션이나 만화 같은 데서 그러면 훌륭한 매력 포인트가 될지도 모르지만, 현실에서 그러면 짜증 나기 이를 데 없단 말이다.

제멋대로인 상대에게 마구 휘둘리고 있을 때…….

"정말. 그런 소리만 계속 하다가는 아무것도 시작할 수 없어, 사와무라 양."

"윽……."

"우, 우타하 선배……!"

영국 여왕 퀸 에리리자베스(초등학생 때 내가 붙여준 열일곱 개의 별명 중 하나)에게 차분한 목소리로 기탄없는 의견을 말하는 요조숙녀가 이 자리에 있었다.

"하긴, 나도 이번 달 말까지 플롯을 제출하라는 요구에는 승복할 생각이 전혀 없지만 말이야."

"서, 선배……."

참고로 말하자면, 요조숙녀라는 표현은 그녀가 지닌 윤기 넘치는 검은 머리카락에 대한 비유다. 청초한 느낌의 외모와 달리 자비라고는 눈곱만큼도 깃들어 있지 않은 말로 나를 사정없이 절망에 빠뜨리는 것 또한 일종의 양식미이리라.

그녀가 바로 주위(주로 나)를 길동무 삼아 자폭하는 문학계의 테러리스트.

고고한 수재 같지만 실은 러브 코미디 계열 라이트노벨 작가.

독설의 블랙 롱헤어.

실수투성이 옛 애인 속성.

카스미가오카 우타하.

사립 토요가사키 학원을 대표하는 두 여신이라 불리는 두 소녀가 내 눈앞에 나란히 서 있었다. 두 소녀는 그야말로 완벽하게 대비를 이루었다. 아름다움을 가리키는 표현들이 이렇게 방향성이 다를 수 있을까, 하는 생각이 든 내 입에서 감탄의 한숨이 절로 새어 나왔다.

한쪽은 쓸데없는 부분을 극한까지 잘라낸 날씬한 몸매.

한쪽은 압도적인 볼륨으로 완성한 풍만하기 그지없는 곡선.

……뭐, 그런 표현으로 두 사람의 미모를 칭송해본들 "그거, 내가 절벽가슴이라는 소리지?!", "방금 나보고 뚱뚱하다고 한 거야?" 같은 소리를 하면서 무시무시한 쌍두뱀으로 변신할 것이다. 그냥 입 다물고 있는 게 상책이겠지.

"실은 나, 신작 집필을 시작했어. 새로운 시리즈를 시작하는 거니까 최선을 다해야만 해."

"우와, 그랬군요! ……제 입장에서는 마냥 좋아할 수는 없지만, 그래도 신작 기대하고 있을게요!"

"고마워……. 이번에도 읽고 나서 감상을 들려줘."

"물론이죠!"

선배가 저렇게 수줍음 섞인 미소를 머금으니 완전 천사 같네…….

"그리고 7월에는 잡지에 단편을 싣기로 했어. 게다가 권두(卷頭) 페이지에 특집도 실릴 거야."

"정말요? 엄청 기대되네요!"

"그리고 새 시리즈니까 중간에 텀을 두지 말고 연속으로 내야 해. 그러니 8월에는 2권 플롯 작업을 해야 할 것 같아."

"소, 속편을 그렇게 빨리 읽을 수 있다니, 정말 러키—."

"그렇게 되면 9월에 2권을 쓰고, 10월에는 또 잡지 연재 단편을 써야 해. ……그리고 코미컬라이즈도 이미 확정되었어. 내년 초부터 연재를 시작할 거니까 연말에는 코미컬라이즈 작가와 사전 회의를 몇 번이나 해야 할 거야……."

"결국 두 사람 다 연말까지 시간이 안 난다는 거잖아! 대체 이 서클 멤버들은 언제 어떻게 게임을 만들 건데?!"

하지만 그 천사 모드가 오래 지속되지 않는다고나 할까,

『천국 문턱까지 들어 올렸다가 지옥에 떨어뜨리기』 테크닉을 마스터한 골 때리는 악마 같다고나 할까…….

아무튼 얼마 전 『전설의 미소녀 게임의 전설……이 아니라 전설의 미소녀 게임을 만들자!』라고 굳게 다짐하며 손을 맞잡았던 네 사람의 앞날에 짙은 암운이 드리워졌다.

"너는 시간이 남아돌잖아. 혼자서 느긋하게 만들어보지 그래?"

"어차피 동인 게임이잖아. 미완성이든, 완성하는 데 몇 년이 걸리든, 정답률이 1% 이하든, 나를 죽인 책임만 지면 어떻게 되지 않을까?"

"두, 두 사람 다 잊은 거야? 게임 제작에 협력해주겠다고 약속했었잖아!"

혹시나 해서 다시 한 번 말해두겠는데, 굳게 다짐하며 손을 맞잡은 사람은 네 명이다. 세 명이 아니라 네 명이다.

이 자리에 있는, 네 명 전원인 것이다.

"약속을 하기는 했지만, 언제까지 만들겠다는 약속은 하지 않았잖아? 토모야야말로 그 점을 떠올려보는 게 어때?"

"즉, 우리가 마음만 먹으면 10년, 20년 후에나 게임이 완성되게 할 수도 있다……는 거야."

"왜 이럴 때만 죽이 척척 맞는 거야?! 너희 둘, 카메라 밖에서는 사이 나쁜 개그 콤비냐?!"

알기 쉬운 서클 와해 법칙 1
「멤버들의 스케줄이 맞지 않는다」

큰일 났다. 이대로 있다간 우리가 나아갈 영광의 궤적에 오점이 남을지도 모른다…….

여름 코믹마켓에서 제작 발표, 겨울 코믹마켓 때 충격 데뷔, 그리고 엄청난 인기 몰이.

내년 여름에는 벽서클로 승격, 겨울에 상업 진출, 그리고 대 히트.

그렇게 되면 주위에서 우리를 놔두지 않을 테니, 노벨라이즈, 코미컬라이즈, 드라마CD, 피규어 제작 등의 미디어 믹스.

그리고 대망의 애니메이션화……. 그렇다. 이 애니메이션이 중요하다.

애니메이션이 대박을 치면 그 상승효과로 평생 먹고살 정도의 콘텐츠가 되겠지만, 애니메이션이 망하면 덩달아 원작마저 망하고 마는 것이다.

그러니 시간을 들이고 돈을 들이며 기회를 엿봐야 한다. 하지만 스태프 모집까지만 원작자 측에서 간섭을 해야 한다.

사람들이 모여 애니메이션화가 시작되면, 그 후에는 그들의 능력을 믿으며 기다릴 뿐이다.

원작자 측에서 너무 간섭한 애니메이션은 대부분 망해버

리고 마니까 말이야…….

"저기, 윤리 군."

"……토모야예요."

그런 행복한 꿈에 빠져 있던 나를 현실로 데리고 온 것은, 우타하 선배가 나를 부를 때 쓰는 바로 그 골 때리는 호칭이었다.

그리고 그녀가 날 부를 때 남자에게 있어 모멸적이라 할 수 있는 호칭을 쓰는 이유는 언젠가 밝힐 생각은 눈곱만큼도 없다.

"스케줄 이전에 먼저 검토해야 하는 게 있지 않아?"

"예? 그게 뭐죠?"

"뭐긴 뭐겠어. 바로 돈이지. 뭔가를 시작하려면 언제나 돈이 필요하잖아?"

"……돈이라면 이미 평생 동안 다 쓰지도 못할 만큼 벌어뒀는데요?"

"……네 머릿속은 대체 어디 가 있는 거야?"

어이쿠. 아직 현실로 완전히 돌아오지는 않은 것 같군.

내 머릿속은 스핀아웃 작품을 후진들에게 맡긴 후, 자신은 벌어놓은 돈으로 행복한 노후를 보내는 이미지까지 그려대고 있었다.

"뭐, 지난달에 아르바이트해서 벌어놓은 돈이 꽤 남아 있으니까 그걸로 당분간은 어떻게 되지 않을까요?"

"아직도 모르는 것 같네. 내가 걱정하는 건 이벤트 참가 비용 같은 게 아냐."

"……그, 그럼 뭔데요?"

"예를 들어 게임을 완성했다고 쳐. 뭐, 게임을 완성하는 데도 상당한 비용이 들겠지만, 그건 제쳐둘게. 아무튼, 다 만든 게임을 팔기 위해서는 제품을 생산해야만 해."

"그, 그야 뭐……."

"DVD 생산 비용, 패키지 및 매뉴얼 제작, 인쇄비…… 그 비용을 다 합치면 수십만에서 백만 단위의 금액이 될 거야."

"배, 백만?!"

"다행히 게임이 히트해서 자금을 회수할 수 있다면 다행이지만…… 아무튼, 초기 투자 비용 자체도 상당한 금액이야."

"배, 백만……."

알기 쉬운 서클 와해 법칙 2
「자금이 다 떨어지다, 혹은 자금 자체가 아예 없다」

"흥. 그런 현실적인 부분을 이 바보가 인식하고 있을 리가 없잖아."

"뭐라고?"

검은 머리 미소녀가 날카로운 지적을 한 직후, 금발 미소녀의 무딘 세 치 혀가 나를 찔렀다.

에리리가 우타하 선배를 밀쳐내듯 내 앞에 서더니, 위압감을 자아내려는 것처럼 가슴을 활짝 폈다.

……그렇게 무리해서 가슴을 펼수록 옆에 있는 우타하 선배와의 격차가 부각될 뿐인데 말이야. 정말 못 말리는 녀석이라니깐.

"토모야 같은 타고난 소비형 오타쿠에게 제로에서부터 뭔가를 만들어내기 위해 필요한 기획력이나 분석력, 지속력 같은 게 있을 리 없잖아. 이 녀석의 머릿속에 있는 건『내가 생각한 최강의 미소녀 게임이 대히트를 쳐서 TV 애니메이션, 극장 애니메이션이 되고, 최종적으로는 실사 영화화』같은 실현 가능성 제로의 꿈뿐이야."

"바보 같은 소리 하지 마! 십수 년 후에 완전 리메이크 극장 애니메이션화되어서 일세를 풍미하는 데까지 시야에 넣고 있다고!"

"더 심각한 거잖아!"

알기 쉬운 서클 와해 법칙 3
「리더에게 현실감이 없다」

"뭐, 아무튼 꿈을 좇기 위해서는 돈이 필요하다는 건 이제 알겠지?"

"서, 선배……."

그리고 유치한 지적의 뒤를 이어, 칠흑빛 속삭임이 들려왔다.

우타하 선배는 에리리 앞에 서더니, 내 귓가에 숨결이 닿을 만큼 나를 향해 얼굴을 내밀었다.

우타하 선배의 뒤쪽에서 에리리의 불만 섞인 목소리가 들려왔지만, 볼륨 면에서 선배에게 밀린 그녀는 순식간에 내 관심에서 사라졌다.

"자, 어떻게 할래? 소비자 금융에서 돈을 빌릴 거야? 아니면 콩팥이라도 팔겠어?"

"서, 선배, 너무 다크한 거 아니에요?!"

그리고 내 말을 무시한 선배의 입에서 또 칠흑빛 속삭임이 흘러나왔다.

"……내가 융통해줄 수도 있는데, 어떻게 할래?"

"어, 하지만……."

"사양할 필요는 없어. 그 정도 돈은 있거든."

그, 그러고 보니…….

이 사람은 고교생이면서도 데뷔작을 전 5권 누계 50만 부 팔아치운 인기 라이트노벨 작가님이다.

즉, 으음, 누계 50만 부라면 인세가…… 예를 들어 한 권당 600엔으로 잡고 작가가 ㅁ% 받는다고 치면, 50만X600

의 ㅁ%면…….

…………어?

"저, 정말요?!"

"응. 하지만 무이자로 빌려줄 수는 없어."

선배는 내가 한참 뜸을 들인 후에야 리액션을 보인 점에 대해서는 아무 말도 하지 않고 내 오른편으로 이동했다.

"하, 하지만, 그렇게 큰돈을 갚을 길이……."

"꼭 돈으로 갚으라고는 한마디도 하지 않았잖아? 은혜를 베푼 이에게 보답하는 방법이라면 얼마든지 있으니까 말이야."

그렇게 말한 우타하 선배의 눈이 요염하게 빛났다.

마치 대부업자나 서양식 저택을 무대로 한 어드벤처 게임에 나오는 미망인을 연상케 하는 눈빛이었다.

"하, 하지만 콩팥은……."

"그건 농담이었어. 그리고 엄청난 걸 요구하려는 건 아냐. 아마 듣고 나면 실망할걸?"

"저, 정말요?"

"응. 나는 돈 욕심 같은 건 없는 편이거든."

역시 저 나이에 세금 확정 신고를 하는 사람은 뭐가 달라도 다르군…….

"그, 그럼, 제가 뭘 하면 되는데요……?"

"그건 말이야……."

우타하 선배의 뜨거운 숨결이 내 오른쪽 귀에 닿았다.

마치 미소녀 게임의 누님 캐릭터나 여교사 캐릭터를 연상케 하는 행동이었다…….

"내, 노—."

"그만해애애애애애앳~!!!"

바로 그 순간, 한 소녀의 양쪽으로 나눠 묶은 금발이 8자를 그리면서 내 양쪽 볼을 몇 번이나 때렸다. 누가 봐도 완벽하기 그지없다고 인정할 만큼 정석적인 타이밍이었다.

자신이 키가 작다는 점을 이용해 복싱 기술인 더킹(ducking)을 하듯 몸을 낮춘 채 나와 우타하 선배 사이로 파고든 것 같았다.

완벽한 순혈(純血) 인파이터군. 뭐, 이 녀석은 혼혈이지만 말이야.

"저, 저, 적당히 해, 카스미가오카 우타하!"

게다가 그녀의 입에서 튀어나온 대사 또한 정석 그 자체였다.

"그래도 돈이라는 건 중요한 거잖아? 사와무라 양도 공짜로 일하는 건 싫다면서?"

"내가 방금 지적한 건 그게 아냐. 그리고 나를 미끼로 쓰지 마!"

"서클 활동이 원활하게 이루어지기를 바라는 내 마음을 너무 몰라주는구나."

"왜 항상 남을 바보 취급하는 듯한 말투로 말하는 거야?!"

역시 이 두 사람은 카메라가 꺼지면 서로를 쳐다보지도 않는 개그 콤비 같은 사이가 분명해…….

알기 쉬운 서클 와해 법칙 4
「멤버들의 사이가 나쁘다」

"그렇게 싫으면 사와무라 양이 돈을 빌려주면 되겠네. 당신도 동인 쪽에서 돈을 꽤나 벌잖아?"

"그딴 건 몰라! 원가, 판매 부수, 그리고 매상까지 아빠가 관리한단 말이야."

역시 자신의 확정 신고를 부모에게 떠넘기는 사람은 뭐가 달라도 다르군…….

아니, 어쩌면 외교 특권으로 이 녀석의 자산을 은폐하고 있을지도 몰라.

"모처럼 위기에 처한 그를 도와줄 찬스가 생겼는데…… 나중에 후회해도 몰라."

"나는 당신처럼 남자를 노예나 기둥서방 취급하는 취미 같은 건 없어!"

아아, 역시 선배가 방금 말했던 『노』는 『노예』의 『노』였구나…….

“남자의 성공을 바라며 남몰래 뒷바라지 하는 여성도 좀 고풍스럽기는 하지만 로맨틱하지 않아? 이번에 쓸 새 시리즈에 그런 느낌의 히로인을 넣어볼 생각이야.”

“당사자가 아는데 남몰래는 무슨 남몰래야? 그리고 이 녀석이 성공할 리 없는 데다, 이딴 녀석을 남자로 의식하는 것 자체가 말도 안 된단 말이야!”

“나, 당신의 속이 뻔히 들여다보이는 허세를 싫어하진 않아.”

“나는 당신의 그 사악하기 그지없는 심성이 정말 싫어!”

알기 쉬운 서클 와해 법칙 5

「서클 내부에서 다각관계가 형성된다……?」

“……하아.”

몇 초 후, 교실 안에 남겨진 나는 한숨을 내쉬었다.

그 두 사람은 내가 개입할 틈조차 주지 않은 채, 말다툼을 벌이면서 밖으로 나갔다.

정말 대단해. 저 두 사람, 한 달 동안 전혀 진전이 없잖아…….

“하아아아아~.”

하지만 나에게는 남 걱정이나 하면서 한숨을 내쉴 여유 같은 것은 없었다.

그것도 그럴 것이, 한 달 전 이후로 눈곱만큼도 진전이 없는 것은 나도 마찬가지였기 때문이다.

운명에 이끌리듯 그녀와 만나고 만 3월.

거대한 야망에 불타며 게임 제작을 결심한 4월.

우여곡절 끝에 최강의 멤버들을 영입한 5월.

그리고 시련이 잇달아 찾아오고 있는 6월…….

가장 먼저 시간이라는 허들이 닥쳐왔고.

그것을 넘기도 전에 예산이라는 허들이 보이기 시작했으며.

마지막으로 팀워크라고 하는, 지금까지의 허들보다 훨씬 더 높은 허들이 우리 앞을 가로막았다.

아무리 생각해도, 이대로 끝낼 수밖에 없는 상황이다.

그러니 포기해버리면 된다. 용기 있는 후퇴를 결심하면 된다.

어차피 즉흥적으로 시작한 계획이다.

거기에 인생과 생사를 건 사투 같은 것은 존재하지 않는다.

그러니 그냥 말해버리면 된다. 어쩔 수 없군, 이라고 말이다.

하지만…….

"카토 너, 좀 전부터 뭐 하고 있는 거야?"

1권 복사&붙여넣기

내가 4월에 했던 생각을 또 하면서 한숨만 내쉬어 본들 아무 소용없다.

"으음, 그게 말이야. 서클명을 생각하고 있었어."

"……서클명?"

아무 소용없기에, 좀 전부터 이 소동에 전혀 관여하지 않은 채 교실 구석에서 스텔스 능력을 최대한 발휘 중이던 「네 번째 멤버」에게 말을 걸었다.

"응. 서클을 만들고 벌써 한 달이나 지났는데, 아직 서클명을 정하지 않았잖아."

"아, 응…… 그러고 보니 그러네."

그러고 보니 또 있었네.

4월 이후로 전혀 변하지 않은 녀석이…….

귀여움과 아름다움이 어중간하게 동거하는 탓에 남들에게 주목받지 못하는 외모.

전체적인 볼륨이 어중간한 탓에 특징적이지 않은 단발머리.

에리리보다 크고, 우타하 선배보다 작은 키.

그리고 에리리보다 풍만하고, 우타하 선배보다 작은…….

으음, 이런 어중간함도 훌륭한 양식미……라고 할 수 있지 않을까?

"그래, 『토모야의 유쾌한 동료들』은 어떨까?"

"……으음, 그것과 비슷한 이름의 유명한 서클이 이미 있어."

"그렇구나. 그럼 안 되겠네."

응. 안 돼. 지금 우리가 우선시해야 하는 건 그게 아니라고.

지금은 이름 같은 걸 고민할 때가 아니라는 걸—.

—뭐, 알려줘도 이해 못 할 테지. 설령 이해하더라도 이 녀석은 변함이 없겠지만 말이야.

알기 쉬운 서클 와해 법칙 6
「왜 끼어 있는 건지 알 수 없는 쓸모없는 멤버가 있다」

아니, 그녀는 쓸모없는 멤버가 아니다.

쓸모없기는커녕, 나에게 있어 그녀는 이 모든 일의 근원이다. 상징, 심벌, 즉, 이 서클의 황제.

게임의, 이야기의, 그리고 나의 메인 히로인, 카토 메구미.

운명에 이끌리듯 그녀와 만나고 만 3월.

아르바이트 중이던 나와, 갑작스러운 돌풍과, 우연히 나와 마주쳤던 카토가 드라마틱한 융합을 거치면서, 내 미소녀 게임 뇌를 눈뜨게 만들었던 봄 방학.

거대한 야망에 불타며 게임 제작을 결심한 4월.

실은 그녀와 같은 반에서 보름 넘게 같이 생활했다는 사실을 알고, 우연과 운명을 느낀 새 학기.

귀엽지만 눈에 띄지 않는, 말이 잘 통하는 이성인데도 가슴이 전혀 뛰지 않는, 뭐든 허락해줄 것 같은 그녀. 하지만 나는 그 사실을 용납할 수 없었다…….

마치 캐릭터 디자인이 좀 미묘한 지역 한정 모에 캐릭터 같은 카토 메구미라는 소녀를, 나의 이상적인 메인 히로인으로 개조하기로 결의했다.

우여곡절 끝에 최강의 멤버들을 영입한 5월.

카토를 위해, 나를 위해, 지금까지 봉인해왔던, 최강 최악의 인맥을 해방했다.

그 결과 소환된 이들이 바로 사와무라 스펜서 에리리와 카스미가오카 우타하.

능력, 미모, 지명도, 그리고 다루기 어려운 점까지 최고 수준인, 사립 토요가사키 학원의 두 여신.

그 두 사람의 서클 영입 난이도가 너무나도 높은 나머지, 그냥 확 포기해버릴까 하는 생각마저 머릿속을 스치던 골든 위크.

그런 그녀들을 서클에 영입한 사람은 내가 아니었다.

열의가 없다고, 그저 나에게 휘둘리고 있을 뿐이라고 생각했던 카토가 해낸 것이다.

그 덕분에, 아직 명칭도 정해지지 않은 우리 서클은 지금 이렇게 존재하고 있다.

그리고 시련이 잇달아 찾아오고 있는 6월…….

카토 메구미는 오늘도 서클에 도움이 되기 위해 최선을 다하고 있었다.

"아, 맞다."

"왜 그래?"

"그럼 『아칸베 소프트 4』는 어때? 우리 서클의 인원은 총 네 명이잖아."

"……그거랑 비슷한 이름의 대형 게임 개발사도 있어. 그것도 3까지 말이야."

힘내라. 우리 서클의 상징(꿔다 놓은 보릿자루)이여…….

제1장

가능성이 생긴 것만으로도 아웃이야

"감사합니다~. 또 오십시오~."

집 근처에 있는 탐정 언덕 아래 교차로에서 왼쪽으로 돈 후 국도를 따라 200미터 정도 쭉 간 곳. ……간단하게 말해 집 근처.

그곳에 있는 패밀리 레스토랑 『파미르』는 손님이 몰릴 때인 일요일 밤인데도 불구하고 전체 좌석 중 8할 정도만 찼다.

"네 분이신가요? 담배 피우시는지요? 그럼 이쪽으로 오십시오. 금연석으로 손님 네 분 안내합니다~."

그것도 그럴 것이, 이 장소는 주변 역들로부터 어중간하게 떨어진 곳에 있는 데다, 부지 문제 때문에 국도 옆에 있는 데도 주차장을 확보하지 못했다. 내가 알기로도 1년 이상 버틴 가게가 없는, 그야말로 쉴 새 없이 새 가게가 들어섰다 망하고 또 새로운 가게가 들어서는 장소였다.

"스튜 햄버그와 일본 요리 세트를 주문하신 손님…… 오래 기다리셨습니다. 철판이 뜨거우니 조심해주십시오."

뭐, 거꾸로 말하자면 이런 장소에 있는 가게이기 때문에 아르바이트생 사이에서는 피크 시간에도 정신없이 바쁘지 않은 적당한 아르바이트 자리로 정평이 나 있었다.

"주문 들어왔습니다~. 그리고 손님이 계산하시려고 하니, 카운터로 안내 부탁합니다~!"

그리고 나는 아르바이트생으로서 이 가게에 있었다.

즉, 좀 전부터 쉴 새 없이 떠들어대는 사람이 바로 나인 것이다…….

"아키 군, 잠깐 나 좀 볼래?"

"아, 점장님. 무슨 일이세요?"

물론 단순히 일만 하는 것은 아니다.

주방에 게임을 좋아하는 스태프가 있으면 미소녀 게임이 얼마나 위대한 것인지 전파하고…….

플로어에 최신 애니메이션에 관해 이야기하는 웨이트리스들이 있으면 살며시 그 이야기에 끼어들었으며…….

테이블 위에 캐릭터 상품을 올려놓은 손님이 있으면 그 옆을 지나가며 작품명을 중얼거렸다.

"네가 전에 제안했던 제휴 건 말인데…… 본부를 경유해서 대리점에 연락을 취해봤더니 그쪽에서도 OK를 한 것 같아."

"정말요?!"

……게다가 점장실에서 기획 회의가 열리면 부르지 않았는데도 참가해서, 차기 방영 예정 애니메이션과의 콜라보레이션 이벤트를 제안했다.

"그러니 어떤 상품을 준비하면 좋을지, 그리고 선전은 어떻게 하면 좋을지를 너와 상의하고 싶어. 나는 그런 쪽은 잘 모르거든."

"조, 좋아요! 뭐, 뭐든 다 할 테니 맡겨만 주세요!"

나는 그런 오타쿠가 되고 싶다.

……아니, 실은 이미 됐지만 말이다.

"그럼 이 이야기는 다음 주에 계속하기로 하고…… 아키 군. 오늘은 이만 들어가 봐."

"아뇨. 오늘도 폐점 시간까지 열심히 일하겠습니다."

"지나칠 정도로 열심히 일하는 것도 좋지 않아. 어제, 오늘, 이틀 전부 오전부터 나와서 쉬지도 않고 계속 일했잖아?"

"괜찮아요. 저는 이뤄야만 하는 목표가 있거든요! 그 목표를 위해서라면 하루 열다섯 시간 이상 근무해도, 개점 두 시간 전에 와서 사전 준비 작업부터 해도, 서비스 잔업만 왕창 해댄 후에 무상 봉사 활동에 강제 참가 당해도 상관없어요!"

"……혹시나 해서 말해두겠는데 말이야. 우리는 그렇게 악랄한 가게 아니거든? 그리고 너는 항상 활기차게 일하잖아.”

“아하하. 그냥 예를 들어봤을 뿐이에요.”

빼빼 말랐을 뿐만 아니라 체구도 조그마한 30대 점장은 약간 난처한 표정을 지으면서 안경을 고쳐 썼다.

이 사람은 오타쿠가 아니지만, 나와 마찬가지로 안경 캐릭터라서 그런지 마음이 꽤 맞았다.

“뭐, 아르바이트면서도 자주적으로 이런저런 일을 해주는 건 고맙게 생각해. 하지만 무리는 하지 마.”

“걱정하지 마세요! 저는 이 일을 천직이라고 생각하거든요!”

“하하, 믿음직한걸.”

참고로 신문 배달은 심야 애니메이션을 본 후 바로 하러 갈 수 있어서 천직이다.

이삿짐센터는 시급을 많이 줄 뿐만 아니라 만년 인원 부족이기 때문에 언제든 할 수 있어서 천직이다.

대여점은 나와 같은 취미를 가진 사람이 손님으로 올 가능성이 높을 뿐만 아니라 최신 영상을 공짜로 볼 수 있어서 천직이다.

결론…… 나는 일벌레다.

11월 23일 근로자의 날[#1]에는 감사한 마음을 가지며 일하고, 5월 1일 노동절에는 근로자의 권리를 주장하면서

#1 근로자의 날 일본은 근로자의 날이 5월 1일 노동절과는 별개로 제정되어 있음.

일했다.

나는 그런 자급자족 오타쿠가 되고 싶다.

"아, 그럼 이제 다시 일하러 갈게요."

바로 그때, 플로어에 설치된 벨이 울리면서 새로운 손님이 왔음을 알렸다.

"그럼 다음 주도 잘 부탁해. 아키 군."

"예입~!"

점장을 향해 고개를 푹 숙인 후 점장실에서 나온 나는 다시 전장(플로어)으로 향했다.

폐점까지 남은 세 시간…… 아니, 겨울까지 정신 바짝 차리고 전력을 다해 일하자!

그리고 반드시 손에 넣고 말 것이다.

DVD 생산 비용, 패키지 및 매뉴얼 제작비, 인쇄비, 그리고 원화 및 시나리오 수당을 포함한 총액…… 배, 백만 엔 이상의 거금을!

"어서 오십시오. 몇 분……?!"

"어머, 아키 군?"

……그런 생각을 하면서 다시 기합을 넣은 순간.

내 마음을 순식간에 얼어붙게 만드는 상황이 눈앞에 펼쳐졌다.

"…… 두, 두 분, 담배는 피우시는지……."

"아, 금연석으로 부탁해. 아키 군, 여기서 아르바이트 하는 거야?"

그것도 그럴 것이, 내 눈앞에 있는 이는…….

"어라? 메구미가 아는 사람이야?"

그렇다. 내 눈앞에 있는 이는 메구미…… 즉, 카토인 것이다.

그야말로 만화책이나 라이트노벨 같은 데서나 나올 법한 우연으로 점철된 장면이었다.

하지만 보통 이런 장면은 안심&안전한 모에 러브 코미디 계열이 아니라…….

"아, 응. 클래스메이트인 아키 토모야 군이야."

"흐음, 그렇구나. 아, 나는 카토 케이이치라고 해요. 잘 부탁합니다."

"…………아, 예."

보통 막장 계열이나 NTR 계열에서 흔히 나오는데…….

※ ※ ※

"아, 케이이치 군? 응, 사촌이야."

"사, 사촌……?"

다음 날인 월요일 아침.

조례 직전의 시끌벅적한 교실 안에서 나는 결의에 찬 목

소리로 카토에게 어제 일에 대해 물었다.

솔직히 말해 방과 후 서클 활동 때까지 기다릴 수 없었다.

그것도 그럴 것이 서클 존속이 걸린 위기 상황이었기 때문이다.

하지만…….

"응. 조호쿠 의대 4학년이야."

"의, 의대?!"

"어릴 적부터 공부를 잘했거든. 카토 가문의 자매들과는 달리 어렸을 적부터 친척들의 자랑거리였어."

"의대생……."

"지난주에 삼촌 가족이 오랜만에 놀러 왔는데, 우리 둘만 남겨놓고 어른들끼리 연극을 보러 갔지 뭐야."

"……."

카토의 반응은 완벽하게 평소와 똑같았다.

"그것보다 아키 군이야말로 그 가게에 엄청 적응한 것 같았어. 다른 직원들이 몇 번이나 아키 군에게 말을 걸던걸?"

내가 아르바이트 하는 가게에 우연히 자신이 들른다고 하는, 보기에 따라서는 운명적인 시추에이션이라고 할 수 있는 상황도 깔끔하게 무시했다.

"아키 군처럼 커뮤니케이션 능력이 뛰어난 오타쿠는 흔치 않을 거야."

바로 그때 다른 남자와 같이 있었다고 하는, 보기에 따라서는 막장 드라마틱한 시추에이션으로 발전할 수 있는 상황도 「사촌」이라는 말로 깔끔하게 정리해버렸다.

"보통 오타쿠들은 같은 취향을 가진 사람들과는 엄청 친하게 지내지만, 그 외의 사람들과는 좀처럼 대화를 나누지 않잖아."

그리고 친척들 간의 친밀감 넘치는 에피소드를 털어놔서, 내가 느끼던 긴박감을 완전히 박살 내버렸다.

……그건 그렇고 카토네 집은 친척들 간의 사이가 엄청 좋은 것 같네.

"아키 군은 교실이나 교내뿐만 아니라, 그 어디에서도 변함이 없잖아. 매사에 겁이 없을 뿐만 아니라 누구와도 친구가 되는 것 같아. ……그런 점은 정말 부러워."

그래. 카토는 원래 이런 녀석이었지…….

무슨 일이 벌어져도 드라마가 되지 않고, 그 어떤 의혹을 느끼더라도 걱정할 필요가 없으며, 그야말로 짜증 날 만큼 안도감이 넘치는, 무지막지하게 존재감 약한 메인 히로인—.

"말도 안 되는 소리 하지 마아아아아아아~!!"

"아키 군?"

—였던 것은 어제저녁까지다.

"카, 카토! 네, 네가 무슨 짓을 했는지 알고 있긴 한 거야?!"

"아, 혹시 아르바이트하는 모습을 나한테 보여줘서 그러는 거야? 미안, 하지만 그건 어디까지나 우연—."

"아니, 지금 내 이야기를 하는 게 아니잖아!"

"……응?"

"그, 그거…… 그거만은 안 돼!"

"그거?"

"그러니까 그거…… 으음, 그 녀석…… 그래, 그 사람!"

"……케이이치 군?"

"그래, 케이이치 군!"

패밀리 레스토랑에서 카토의 맞은편에 앉아 함께 식사를 한 후, 그녀를 차에 태우고 돌아간 남자!

연상에, 사촌에, 의대생! 게다가 차도 아우디였어!

게다가 약간 긴 앞 머리카락과 담백한 느낌의 잘생긴 외모…… 게다가 피부도 촉촉해 보였…… 그딴 건 아무래도 상관없어!

"그 사람이 왜?"

"그 사람이라고 했어! 방금 그 사람이라고 했다고!"

"우와……."

내 말을 들은 카토는 질린 듯한 표정을 지었다.

이해는 된다. 확실히 나는 짜증 나는 소리만 해댔다. 제삼자가 보기에는 무지막지하게 짜증 나는 놈일 것이다.

하지만 나도 미소녀 게임 유저로서 절대 물러설 수 없었다.

"카, 카토. ……너한테 해줄 말이 있어."

"으, 응?"

"그 사람만은 관둬……."

"관두라니? 뭘?"

"이것저것! 함께 저녁을 먹는 것도, 그 사람의 차에 타는 것도, 아무튼 오해의 소지가 있는 것 전부 다!"

"미안한데 무슨 말을 하는 건지 전혀 모르겠어. 그리고 케이이치 군은 내 사촌이란 말이야."

"그렇게 이름으로 부르는 것도 금지!"

"하지만 상대방도 성이 카토란 말이야."

"이, 이런 우연이 다 있다니……. 이것이 바로 운명의 장난인가?!"

"……사촌이라 성이 같은 것뿐인데?"

지, 진정해. 동요하지 마라, 아키 토모야.

카토는 아직 눈치채지 못했을 뿐이야. ……이게 모에 계열 유저에게 있어 얼마나 심각한 배신인지 모르는 것뿐이라고.

그러니까 차근차근 설명해주면 분명 이해해줄 거야.

"연상 사촌이라는 건 말이야……. 강력한 오빠 플래그라고……."

"……그게 뭐야?"

"어렸을 적의 일이야……."

매년 백중과 정월에 친척들이 시골에 모였을 때만 만날

수 있는, 소녀보다 나이가 많고 총명하며 어른스러운 소년…….

항상 동갑내기 남자애들과 산과 들을 뛰어다니던 소녀는 소년이 자신을 향해 가벼운 미소를 머금을 때마다 부끄러움을 느끼고는 그를 피하거나 개구쟁이처럼 굴었다. 그리고 그와 작별해야 할 날에 후회하는 것이 그 소녀에게 있어서의 연례행사였다.

하지만 어느 날, 찬스가 찾아왔다.

평소처럼 소년을 내버려 두고 홀로 산속에 들어갔다가, 실수로 다리를 삐어 움직이지 못하게 된 소녀.

정신을 차리고 보니 산속에는 어둠이 드리워져 있었다. 그리고 어둑어둑한 숲 속에서는 까마귀의 불길한 울음소리가 울려 퍼졌고, 박쥐들이 주위를 날아다니기 시작했다.

공포에 지배당한 소녀가 도움을 청하는 목소리조차 내지 못한 채 벌벌 떨고 있을 때, 수풀을 헤치며 소년이 모습을 드러냈다.

상처투성이인 그에게 업혀 산에서 내려온 순간, 방금까지 나오지 않던 목소리가 눈물과 함께 흘러나왔다. 결국 소녀는 할머니의 집에 도착할 때까지 소년의 등에 얼굴을 묻은 채 흐느꼈다.

그리고 그 소녀, 메구미는 눈물에 젖은 목소리로 몇 번이나 소년을 『오빠』라고 불렀다.

"……."

"……."

"저기, 왜 내 이름이 튀어나오는 거야?"

"요즘 들어 어릴 적 추억이 생각나서 "오랜만에 오빠라고 불러도 돼?"라고 식사 중에 기어들어가는 목소리로 중얼거린 적 없어?"

"응. 없어."

"미소녀 게임에서는 무지막지하게 흔히 있는 일이라고!"

"뭐? 그래?"

게다가 상대방은 꼭 이럴 때면 "응? 방금 뭐라고 했어?" 같은 소리를 하면서 초절정 둔감 귀머거리 자식이 되고 말지……!

"그, 그리고 결혼 약속 같은 걸 했다든가! 꼬맹이 때 했던 약속을 계속 믿으면서 기다린다든가!"

"친척끼리 그러는 건 좀 이상하지 않아?"

"하나도 이상하지 않아. 내가 케이이치 군이었으면 좋아 죽었을 거라고!"

"뭐? 그래?"

사촌이라면 법적으로 결혼이 가능하다.

게다가 어릴 적부터 함께 자란 탓에 금방 『오빠』화가 가능한, 미소녀 게임 주인공 후보의 제1시드.

그런 달콤쌉싸름한 포지션이 되기 싫은 녀석이 있을까? 아니, 없을 것이다!

……뭐, 오타쿠 한정으로 말이다.

"카토가 평범한 여자애라서 다행이야……."

"아키 군은 내가 너무 평범하다면서 화 내지 않았었어?"

"하지만 지금의 너는 A○B도 울고 갈 만큼 엄격한 연애 금지령이 내려진 미소녀 게임 히로인이잖아."

"대체 언제 나한테 연애 금지령이 내려진 거야……?"

"그런데 주인공인 유저들이 제대로 플래그를 세우기도 전에 저렇게 플래그를 잔뜩 세운 라이벌 캐릭터가 먼저 등장하기라도 하는 날에는……."

"어? 케이이치 군도 게임에 등장하는 거야?"

"게다가 그 상대가 의대생이라는 사실이 밝혀지는 날에는!"

"아키 군은 왜 그렇게 의대생에게 편견을 가지고 있는 거야?"

"카토는 이해 못 할 거야……. 아마 영원히 말이야."

우리 같은 미소녀 게임 유저와 의대생은 메인 히로인에 대한 거리감 면에서 하늘과 땅만큼 차이가 난다고나 할까…….

"휴우……."

크게 한숨을 내쉬며 마음을 진정시킨 후, 나는 진지한 표정으로 카토를 바라보았다.

"카토. 부탁 하나만 할게……."

"아~ 응."

카토는 멍한 표정을 지은 채 내 말을 기다렸다.

"바보 같은 소리처럼 들릴지도 몰라. 짜증 날지도 몰라. '이 녀석, 바보 아냐?' 같은 생각이 들지도 몰라."

"저, 저기, 『……지도 몰라.』라는 말은 안 붙여도 될 것 같아……."

"그래도 그와는…… 케이이치라는 사람과는 한동안 만나지 말아줬으면 해. 가능하면 게임이 완성될 때까지 네 마음속에 존재하는 핑크빛 감정을 봉인해줘."

"핑크빛 감정 자체가 없다는 소리를 대체 몇 번이나―."

"이건 단순히 내 억지에서만 비롯된 부탁은 아냐."

"아, 억지도 좀 섞여 있다는 걸 인정하는 거구나."

"최강의 미소녀 게임을 만들기로 맹세한 크리에이터로서, 이 기획을 성공시키겠다고 맹세한 서클 대표로서, 그리고, 너를 메인 히로인으로 삼겠다고 맹세한 프로듀서님으로서!"

"왜 마지막에만 『님』을 붙인 거야?"

"부탁이야, 각…… 카토!"

나는 그렇게 외치면서 책상에 이마가 닿을 정도로 깊게 고개를 숙였다.

이것이 내 마음을 표현할 최선의 방법이니까.

카토에게, 미소녀 게임 유저 전원의 소망이 전해지기를

바라면서, 나는—.

"으음, 미안. 이미 이번 주말에 같이 외출하기로 약속했어."

"아우우우우우우우우우우우우우우우우우우웃~~~!!"

내가 자세를 낮추면서 다리를 벌린 후 엄지를 치켜든 오른손을 들어 올린 순간, 조례 시간을 알리는 벨이 울렸다.

……그리고 우리가 이렇게 큰 목소리로 사랑싸움으로 오해해도 이상하지 않을 언쟁을 벌였는데도, 클래스메이트들은 별일 아니라는 듯이 전혀 관심을 가지지 않았다.

※ ※ ※

"이, 이게 로쿠텐바 몰……?"

한밤중인데도 불구하고 오늘은 내 방 안에서 애니메이션 음성이 흘러나오지 않았다.

그 대신 흘러나온 것은 HD 레코더의 낮은 작동음과 종이 넘기는 소리, 그리고 나의 한숨 섞인 혼잣말이었다.

"여기 가는 건가……?"

테이블 위에 펼쳐진 쟈○과 도쿄○커 같은 잡지의 컬러 페이지를 본 나는 식은땀을 줄줄 흘렸다.

그 페이지에는 『이번 달 오픈! 로쿠텐바 몰 대특집』이라는 글자와 함께 컬러풀한 사진이 대량으로 실려 있었다.

로쿠텐바 몰.

잡지 기사에 따르면 이번 달에 타마사키 시에 오픈한 쇼핑몰이다.

소개 기사에 의하면 국내외를 합쳐 100개 이상의 브랜드가 집결한 쇼핑가(街)와, 서른 곳 이상의 유명 음식점이 모여 있는 레스토랑가, 그리고 복합 영화관까지 있는 거대 시설이다.

이곳이 바로 카토에게 있어 약속의 땅…….

사촌인 케이이치라는 사람과 이번 주말에 같이 가기로 약속했던 장소.

그리고 이제는, 이번 주말에 나와 함께 가게 된 장소…….

으음, 어찌 된 영문인지 처음부터 차근차근 설명하겠다.

원래 카토는 여자 클래스메이트들에게 로쿠텐바 몰에 같이 가자고 했다고 한다.

하지만 "오픈 직후는 붐비니까 가기 싫어."라는 이유로 일언지하에 거절당한 것 같았다.

그것도 무리는 아니었다. 나는 그 친구들의 심정이 이해가 되었다.

이 더운 날씨에 한 시간 이상 전철로 이동하면서까지 수많은 인파에 휘둘리러 간다니, 완전 마조히스트잖아(단, 코믹마켓은 별개).

이 일을 자기 집에 놀러 온 남자 사촌에게 별생각 없이 말했더니, 로쿠텐바 몰에 함께 놀러 가자는 계획이 자연스럽게 세워진 것 같았다. 게다가 자동차로 데려가 주겠다고 했다고 한다.

……아무리 그래도 그건 아니잖아. 친척이라는 이유 하나만으로 그런 고문에 동참한다면 완전 성자(聖者)나 다름없다고.

뭔가 흑심이 있다고 보는 편이 훨씬 앞뒤가 맞았다. 물론 앞뒤가 맞다 해도 절대 받아들일 수 없지만 말이다!

아무튼, 미소녀 게임에 비춰볼 때 카토가 케이이치라는 사람과 단둘이 놀러 가는 것을 용납할 수 없었던 나는 그 순간 무심코 이렇게 외치고 말았다…….

『그럼 내가 대신 갈게! 카토와 같이 로쿠텐바 몰에 가겠어!』

『아키 군이? 흐음, 그것도 괜찮겠네. 알았어. 케이이치 군에게는 같이 못 가게 됐다고 메일로 연락해둘게.』

『저, 정말?!』

이제 와서 드는 생각이지만, 나는 카토의 (매사에 대충인)성격을 얕본 것 같았다.

아무튼 나는 케이이치 씨를 안됐다고 생각했지만, 그는 『오케이. 남친과 잘 갔다 와.』라는 내용의 답장을 카토에게 보냈다.

뭐야. 이거 진짜로 친한 친척들끼리 같이 외출하려고 했던 것 같잖아. 뭐, 카토는 처음부터 그렇게 생각했던 것 같지만 말이야.

"여, 여기가 로쿠텐바 몰……."

그리고 시간은 흐르기 시작했다…… 아니, 정확하게 말하자면 다시 현실로 돌아온 나는 식은땀을 마구 흘려댔다.

특집 기사를 아무리 읽어도, 내가 이 장소에 존재하는 모습을 상상할 수가 없었다.

그것도 그럴 것이, 이 쇼핑몰은 커플이나 가족들 같은 일반 리얼충의 취향에 철저하게 맞춘 곳이었던 것이다.

어뮤즈먼트파크나 수족관, 플라네타륨 같은 오타쿠들이 좋아할 만한 시설이 없었다.

그나마 복합 영화관이 있기는 했지만, 애니메이션은 단 한 편도 상영하지 않았다.

게다가 가장 치명적인 문제는 바로 애니○이트가 없다는 점이다.

그렇게 우리가 싫은 거냐, 로쿠텐바 몰…….

그리고 이유는 모르겠지만 그런 곳에 가고 싶어 하는 카토 메구미…….

가는 건가? 나, 진짜로 여기에 가는 건가?

유○클로나 A○C마트만 있으면 충분히 살아갈 수 있는 내가?

게다가 여자애와 같이?

남녀 두 명이서 가면 리얼충들이 데이트하러 온 걸로밖에 보이지 않을 이 장소에……?

나는 이제 와서 깨달았다.

카토 메구미라는 이름의 소녀는, 워낙 스스럼없이 대할 수 있는 존재라 눈치채기 힘들지만, 본질적으로는 어디까지나 평범한 여고생인 것이다.

패션 잡지를 체크하고, 휴일에는 옷이나 신발, 액세서리를 보러 다닌다.

주로 보는 영화는 로맨스물이나 인기 있는 외국 영화다.

라이브나 콘서트를 가도 애니메이션 멜로디 서머 라이브 같은 게 아니라 아이돌이나 POP 계열 콘서트에 간다.

오타쿠에 대해 이해심을 가지고 있고 남의 말에 귀를 기울일 줄 아는 점은 그녀의 미덕이지만, 심도 있는 오타쿠 토크에는 따라가지 못한다.

즉, 기본적으로 나와 사는 세계가 다른 소녀인 것이다…….

"……그래도 점심 먹을 가게 정도는 정해둬야겠지."

하지만 지금은 주저할 때가 아니다.

이번 「데이트」를 무사히 클리어하기 위해서는 지금까지와는 전혀 다른 전투 방식이 필요하다.

그러니 사전 조사를 게을리할 수는 없다.

"아, 케이크 뷔페면 괜찮겠지?"

저기, 카토…….

너, 나한테 커뮤니케이션 능력이 높다는 둥, 누구와도 금방 친해진다고 했었지?

그건 전부 착각이야.

"어, 이 점보 파르페라는 건 뭐지? 이름부터 언빌리버블한 느낌인데……."

나는 남들의 커뮤니티를 억지로 내 색깔로 물들여버리기 때문에, 그 커뮤니티 안에 들어갈 수 있는 거야.

내 색깔로 물들일 수 없는 커뮤니티에 녹아들어갈 줄은 모른단 말이다…….

"……응?"

그런데 케이이치 씨. 이제 와서 든 생각인데 말이죠. 당신이 메일에 쓴 그 「남친」이라는 말은 대체 무슨 뜻입니까요?

※ ※ ※

그리고 누구에게 있어서인지는 모르겠지만, 아무튼 대망

의 주말…….

『……뭐?』

“미안. 체온이 39도를 넘어서…… 못 갈 것 같아. 정말 미안해.”

나는 전화로 카토에게 죽어라 사과했다.

『뭐? 어쩌다 그렇게 열이 난 거야? 감기라도 걸렸어?』

“으, 응. 뭐, 그래…….”

말할 수 없어……. 어떻게 말하냐고…….

데이트 관련으로 너무 고민한 탓에 이렇게 됐다는 걸 그녀에게 밝힐 수는 없단 말이다.

제2장

병문안은 개별 루트 이벤트지?

정신을 차리고 보니, 나는 새하얀 빛 속에 있었다.

아플 정도로 눈부신 빛 때문에 눈을 깜빡이던 나는 천천히 이 새하얀 세계에 익숙해져 갔다.

……그리고 잠시 후, 나는 이 빛이 쇼핑가를 장식한 수많은 전구 장식들에서 뿜어져 나오는 불빛이라는 것을 눈치챘다.

게다가 나는 여자애나 커플들로 북적이는 캐주얼샵에 홀로 방치되어 있었다.

나는 왜 이런 곳에 있는 거지……?

『아, 찾으시는 물건이라도 있으신가요~?』

당황한 나를 발견한 갈색 머리카락의 남자 점원이 자연스럽게 내게 말을 걸었다.

그 순간, 이번에는 시야가 아니라 머릿속이 새하얗게 변해갔다.

아, 딱히 찾는 물건 없거든?

그러니까 다가오지 마. 말 걸지 마. 내 머리끝부터 발끝까지 샅샅이 관찰하지 마.

셔츠 무늬를 쳐다보지 마. 옷깃 세우는 각도까지 하나하나 확인하지 마.

티셔츠를 바지 안에 넣어 입는 게 그렇게 잘못된 행동이냐. 오늘은 우연히 그렇게 입었을 뿐이라고.

그리고 그편이 훨씬 착용감이 좋단 말이다.

그리고 바지를 바지라고 하는 게 뭐가 그렇게 잘못된 건데. 부모님과 똑같은 표현을 쓰는 것뿐이잖아. 꼭 쓸데없이 영어를 써대야 세련된 거냐.

어이, 내가 배낭을 멨다고 태도를 싹 바꾸지 말라고.

그리고 신발로 남의 센스를 평가하지 마. 그런 건 그냥 발에 맞기만 하면 되잖아.

아, 시끄럽네. 나를 남친님이라고 부르지 마. 내가 여자였으면 여친님이라고 부를 거냐?

제대로 아키 씨나 토모야 씨라고 불러. 어때? 꽤 오타쿠틱해졌지?

첫, 이런 데서 대체 얼마나 있어야 하는 거야?! 나 먼저 방으로 돌아가겠어!

※ ※ ※

"윽~!"

그 후, 잔인하게 살해당한 내 시체가 서양식 저택의 홀에서 발견된 순간, 나는 이 불길한 꿈에서 깨어났다.

눈을 치켜뜨면서 소리 없는 비명을 지른 순간, 붉은색이 세계를 지배했다.

……하지만 다음 순간, 그것이 창문을 통해 스며들어오는 저녁노을이라는 것을 눈치챘다.

그래. 벌써 저녁때가 됐구나.

그렇다면 점심때부터 계속 잠이나 잔 거군. 모처럼의 토요일을 허무하게 날려버렸네.

……아니, 진짜로 오늘을 허무하게 날려버린 사람은 내가 아니지.

『으응, 괜찮아. 이번에 못 가면 다음에 가면 되지, 뭐.』

『덥다고 에어컨 너무 세게 틀지는 마. 그리고 자주 수분 보충 해.』

『그럼 푹 쉬어.』

오늘, 카토에게 정말 못할 짓을 했네.

……같은 생각을 하며 가볍게 흘려 넘길 때가 아니지.

내 쪽에서 막무가내로 밀어붙여 데이트 약속을 해놓고 당일에 펑크 내다니, 3년 차 권태기 커플이라도 헤어질 레벨—.

아니, 그 정도가 아니지. 이제 겨우 3개월 차에 들어선 새내기 커플이라도 헤어질 레벨의 미스다.

"더워……."

매미의 시끄러운 울음소리와 에어컨에서 바람이 나오는 소리, 그리고 에어컨 실외기가 돌아가는 소리…….

조용한 방 안에서는 이런 자그마한 소리만이 울려 퍼졌다.

고개를 흔들면서 약간 현실로 돌아온 나는 입안이 바짝 마른 것을 눈치챘다.

에어컨을 켜뒀는데도 몸에 걸친 티셔츠는 땀에 흠뻑 젖어 있었다.

아무래도 아직 열이 내려가지 않은 것 같았다. 온몸은 물 먹은 솜처럼 무거웠고, 바짝 마른 목은 너무나도 뜨거웠다.

"물이라도 마셔야겠군."

"아, 나는 콜라 줘."

"알았어……."

비틀거리면서 몸을 일으킨 나는 방 밖으로 나갔다.

아직도 어질어질한 머리를 한 손으로 짚은 채 계단을 내려가 부엌으로 향했다.

거실을 봤지만, 예상대로 부모님은 외출 중이었다.

어쩔 수 없이 직접 선반에서 쟁반을 꺼낸 나는 음료수를 꺼내기 위해 냉장고를 열었—.

"…………어?"

아무것도 꺼내지 않은 채 냉장고를 닫은 나는 주방에서 나왔다.

그리고 2층으로 이어지는 계단을, 내려올 때와는 달리 무시무시한 기세로 올라갔다.

그리고 그 기세 그대로 방문을 열어젖힌 후…….

"네가 왜 여기 있는 거야아아아앗~?!"

내 책상에 앉아 열심히 일러스트 작업 중인 체육복 차림의 금발 소녀를 향해 그렇게 외쳤다.

"아, 콜라는 저쪽에 놔둬. 원고가 젖기라도 하면 큰일이니까."

"큰일 난 사람은 멋대로 남의 집에 쳐들어와서 멋대로 원고 작업을 해대는 지인을 둔 나라고 생각합니다요!"

"어쩔 수 없잖아. 아무리 벨을 눌러도 아저씨와 아주머니는 나오지 않는 데다, 너는 침대에 뻗어 있었단 말이야."

"……그럼 왜 우리 집에서 원고를 하는 건데?"

"뭐, 그건 그거, 이건 이거라고나 할까……. 그리고 매달 마감과 사투를 벌이는 사람을 좀 상냥하게 대해주면 뭐가 덧나기라도 하는 거야?!"

어? 왜 이 녀석이 화를 내는 거지?

그리고 벨을 눌렀는데 아무도 나오지 않으면 일단 돌아가는 게 정상 아냐? 집도 가깝잖아.

아니, 그 이전에…….

"대체 뭘 하러 우리 집에 온 거야? 에리리."

"별거 아냐."

최근 들어 7년간 유지해온 쇄국 정책을 풀었다곤 해도, 아무 이유 없이 남의 집에 쳐들어올 만큼 국교가 회복되지는 않았다고 생각하는데…….

그것도 휴일에 말이다.

나도 열만 나지 않았다면 외출했을…… 아, 혹시…….

"혹시, 문—."

"말도 안 되는 소리 하지 마!"

"……하다못해 내가 "병"까지 말한 후에 부정하는 게 어때?"

이 녀석, 대체 얼마나 눈치가 빠른 거야? 그리고 방금 반응을 보아하니 내가 골골대는 중인 걸 알고 쳐들어온 눈치잖아.

"얼마 전에 이벤트용 원고 작업을 도와줬었잖아. 그 답례를 하러 왔을 뿐이야."

"아, 아하……. 지난달의 그 일 말이구나."

"답례품은 테이블 위에 놔뒀어."

그 말을 듣고 테이블 위를 쳐다보니, 래핑이 된 종이봉투가 놓여 있었다.

"그런 이유에서 온 거면 그냥 문병 온 걸로 해도 되지 않아?"

"말도 안 되는 소리 하지 마! 답례는 인간으로서 당연히 해야 하는 예의, 문병은 여자애에게 있어서의 이벤트 플래그, 그 두 가지는 하늘과 땅만큼 다르단 말이야!"

"그, 그렇지……."

역시 이 녀석도 나와 마찬가지로 미소녀 게임 중독자라니깐.

뭐, 누가 누구를 전염시켰는지에 대해서는 아마 의견이 갈릴 테지만 말이야.

"뭐, 아무튼 고마…… 아, 복숭아 캔이다. 오랜만에 보네."

"그렇지? 백화점 지하의 식료품 코너에서 우연히 발견하고 무심코 사버렸어."

"그리고…… 어, 어이, 이건 머스크멜론 아냐?"

"뭐야. 싫어해?"

"아니, 좀처럼 먹을 기회가 없는 건데다…… 네 원고 작업을 도와준 데 대한 답례치고는 너무 비싼 거잖아."

"신경 쓰지 마. 일전의 이벤트에서 얻은 매상으로 산 거니까 말이야."

아니, 그렇게 생각해도 되는 걸까……. 이래서 부르주아들은 정말 골 때린다니깐.

"그 외에는, 바나나와, 사과…… 과일이 많네."

"근처 가게에서 파는 과일을 대충 사 왔으니까 신경 쓰지 마."

으음, 문병 선물 느낌이 무지막지하게 나는 라인업이지만 신경 쓰면 지는 거겠지?

종이봉투 안에서 과일을 전부 꺼내고 보니, 봉투 바닥에 기묘한 색깔의 가루가 들어 있는 봉지가 놓여 있었다.

"……시트○ 소다?"

"응. 기간 한정으로 다시 판매 중이래."

"……이걸 왜 사 온 거야?"

"반가운 녀석 아냐? 어릴 적에 소풍 같은 걸 갈 때 가지고 가지 않았어?"

"뭐, 반갑기는 해. 그럼 지금 바로 만들어 올 테니까 사양 말고 마셔."

"그딴 합성착색료 덩어리는 싫어. 그리고 콜라 달라고 좀 전에도 말했잖아."

이 녀석, 환자한테도 인정사정없이 골탕을 먹여대는구나…….

"열은 좀 내렸어?"

"아직 38도 정도 되는 것 같아."

쓸데없는 이야기는 이쯤 하기로 했다.

나는 대충 깎은 과일이 놓인 테이블 앞에 앉아 해 질 녘의 한때를 보냈다.

그리고 과일을 깎은 사람은 환자인 나다.

그것도 그럴 것이 이 방 안에 있는 손님에게 그런 일을 시킬 수는 없었다. 손재주가 없을 뿐만 아니라 시력도 무지막지하게 나쁘니까 말이다.

"그런데 네가 감기에 걸리다니 정말 별일이네……. 눈이라도 내려서 어디 사는 커플이 헤어지지나 않으면 좋겠는데 말이야."

에리리는 빈정거림이 듬뿍 담긴 말을 하면서 콜라를 마셨다.

참고로 에리리가 든 잔은 『그 눈의 프리즘』 캐릭터 글라스 제2탄 『미기와 마리코』 버전이며, 내 잔은 같은 작품의 캐릭터 글라스 제1탄 『아마메 우이』 버전이다. 서로가 가장 좋아하는 캐릭터가 그려진 잔에 음료를 따라주다니, 나는 정말 배려심 넘치는 사나이다.

"읍! 콜록, 콜록! 역시 이건 사람이 마실 게 못 되는 것 같아, 토모야!"

"그래도 마실 때보다 만들 때 더 엄청난 참사가 벌어졌다고……."

그렇다. 나는 조금 전 『콜라에는 시○론 소다 분말을 넣어서는 안 된다.』라는 교훈을 얻었다.

분말주스와 콜라, 이 두 탄산 제품의 호화 콜라보레이션 탓에 테이블과 카펫과 걸레가 다크그린 빛으로 물들고 말았어…….

"그건 그렇고, 네가 이렇게 뻗은 건 거의 10년 만 아냐? 그때는……."

"그중 최근 7년 동안의 기억은 존재하지 않잖아. 나도 10년 동안 한 번도 뻗지 않을 만큼 튼튼한 녀석은 아니라고."

"……맞아, 그랬지."

자연스럽게 이어지던 대화가 때때로 뚝 끊겼다. 주로 나 때문에 말이다.

그래도 우리는 한동안이라고 표현할 레벨을 넘어 상당히 오랜 시간 동안 교류가 없었으니, 이제 와서 옛날이야기를 해봤자 딱히 의미가 없었다.

뭐, 솔직히 말하자면 실은 근 10년 동안 감기에 걸린 적은 없었지만, 에리리 앞에서 솔직하게 말하고 싶지는 않았다.

그러고 보니 10년 전에는…… 볼거리에 걸려 쓰러진 나를 프랑스 인형 같은 영국인(일본인이 할 수 있는 최대한의 조롱) 여자애가 울먹거리면서 바라봤던 것 같은 느낌이 들었다.

"그러고 보니 너도 자주 감기에 걸렸었지? 한 달에 한 번 정도는 감기로 학교를 쉬었잖아."

"너도 최근 7년간의 나에 대한 기억은 거의 없잖아. 나, 지금은 엄청 건강하단 말이야."

"……뭐, 그런 것 같네."

당시의 사와무라 스필렁커[#2] 에리리(열일곱 개의 별명 중 하나)의 면모는 지금의 이 녀석에게서 찾아볼 수 없다.

"……."

조금 전까지만 해도 저녁 노을빛으로 물들어 있던 하늘이 어느새 암흑으로 뒤덮였다.

매미 소리는 사그라졌고, 에어컨에서는 여전히 시원한 바람이 나오고 있었으며, 실외기 소리 또한…….

"……."

에리리는 여전히 거북한 침묵을 유지한 채 돌아갈 기색을 보이지 않았다.

다시 침대에 누운 나에게 등을 보이며 앉아 열심히 펜을 놀렸다.

마치 나 같은 것은 처음부터 이 장소에 없었다는 듯이…… 내 방에서 말이다.

"……그런데 에리리."

심심할 뿐만 아니라 이 분위기를 견디다 못한 나는 다시

#2 스필렁커(Spelunker) 고전 액션 게임. 허약하기 그지없는 주인공을 컨트롤해 지하 미궁의 최하층으로 향하는 게임. 이 게임 덕분에 스필렁커의 일본 명칭인 스페랑카(スペランカー)는 약해 빠진 캐릭터의 대명사가 되었음.

대화의 물줄기를 트기 위해 등을 보인 에리리에게 말을 걸었다.

"왜?"

에리리도 내가 말을 걸기를 기다렸는지, 자연스럽게 대답했다.

"데이트라는 걸 해본 적 있어?"

찌지직.

하지만 다음 순간, 펜이 종이를 찢는 소리가 들렸다.

"아아아아아아아아아아아~!"

그리고 그 뒤를 이어 에리리의 입에서 단말마에 가까운 비명이 터져 나왔다. ……아무래도 원고가 꽤 진행된 상태였던 것 같았다. 정말 안됐네.

"데, 데, 데……."

"어이, 방금 그게 그렇게 충격 받을 만한 질문이야?"

"이제 와서 데이트 같은 한물간 단어를 들으면 누구라도 소름이 돋을 거야! 그것도 너 같은 진성 오타쿠한테서!"

"네 말대로 나는 진성 오타쿠라 그런 쪽 지식이 없어. 그래서 그런 한물간 단어를 쓴 거라고. 그건 그렇고, 요즘은 데이트를 뭐라고 부르는데?"

토요일 밤에 진성 오타쿠의 집에서 체육복 차림으로 에로 동인지 원고를 그리는 녀석에게 진성 오타쿠 소리를 듣고 싶지는 않다. 하지만 이 상황에서 쓸데없는 소리를 하면

이야기가 더 복잡해질 게 불을 보듯 뻔하기에 비판을 솔직하게 받아들이는 나는 꽤 어른스럽지 않아?

"그리고 여자애에게 경험이 있는지 없는지 묻는다는 게 말이 돼? 네가 그러니까 진성 오타쿠는 분위기 파악을 못한다는 소리를 듣는 거야!"

"진성 오타쿠 이야기는 그쯤 해. 그리고 이야기를 이상하게 함축했더니 엄청 부적절한 발언 같아졌다고."

"호, 혹시 나를 유혹하는 거야? 좀 전의 일에 대한 사과 삼아서? 극단에서 극단으로 치닫지 마!"

"누가 너 같은 녀석을 유혹할 것 같아? ……아, 혹시나 해서 말해두겠는데 이건 츤데레틱한 반응이 아니니까 착각하지 마."

그렇게 말한 나는 볼을 붉히면서 고개를 돌……릴 리가 없잖아. 내가 그렇게 기분 나쁜 짓을 왜 하는데.

"그럼 뭐야?! 화내지 않을 테니까 엄마에게 솔직하게 말해보렴!"

"그렇게 말하고 화내지 않은 엄마를 나는 한 명도 보지 못했다고."

"……카토 양이지?"

"그런 거 아냐! 아아, 이대로 가다간 이야기가 영원히 안 끝날 것 같네."

맞는 부분이 있기는 하지만 전체적으로는 틀렸기 때문에

전(체적으로) 부정했다.

나는 어른이거든.

"내가 알고 싶은 건…… 인간은 어웨이에서 어떤 식으로 행동하면 되는가, 야."

"……어웨이?"

"즉, 자신에게 맞지 않는 장소에 가거나 그런 상황에 처했을 때 어떤 식으로 대처해야 할지 알고 싶은 거야."

"자신에게 맞지 않는 장소나 상황? 예를 들자면?"

"으음, 여자애와 쇼핑몰에 옷을 보러 간다든가, 애니메이션이나 특촬 계열이 아닌 영화를 보러 간다든가, 패스트푸드점 이외의 가게에서 식사를 한다든가……."

"그, 그건 완벽한 데이트잖아!"

"……너, 조금 전에 그 단어는 한물갔다고 안 했어?"

그리고 어느 시대에서나 어른과 아이는 서로를 이해하지 못한다…….

"그러니까 그냥 예를 든 것뿐이라고. 꼭 쇼핑몰이 아니더라도, 여자애랑 같이 간 게 아니라도 괜찮아."

"무지막지하게 수상쩍지만…… 뭐, 좋아. 그래서?"

그 후, 마음이 좀 진정된 에리리는 원고 작업을 멈추더니 나를 향해 돌아앉았다.

그리고 침대에 누운 나를 깔보며…… 아니, 내려다보면서 내 이야기를 들어줬다. 사사건건 딴죽을 걸면서 말이다.

"나에게 있어 어웨이인 장소는 롯폰기 힐스나 에비스 가든 플레이스나, 하라주쿠와 도○메모 카페……."

"마지막의 그건 완전 네 취향이네. 그리고 거기, 옛날 옛적에 문 닫지 않았어?"

"CD를 살 때도 애○메이트나 게○머즈면 회원카드가 있어서 아무런 문제도 없지만, 실수로 타워○코드나 H○V에 들어갔을 때의 절망감이라든가……."

"그래서 사람들이 아○존으로 모여드는 거네……."

"선샤인으로 한정하자면 난○타운에서 나오자마자 걸음이 빨라진다든가……."

"그대로 선샤인에서 나온 네가 오토메로드를 어떻게 걷는지가 궁금한데 말이야."

에리리는 입을 다물 줄을 몰랐다. 그뿐만 아니라 쉴 새 없이 딴죽을 걸어댔다. 아, 짜증 나. 진짜 나랑 똑같다니깐.

"그런 숨 막히는 상황에 처했을 때, 너라면 어떻게 하겠어?"

"왜 나한테 그런 걸 묻는 거야?"

"그야…… 항상 가면을 쓰고 있는 너라면 답을 알 것 같아서 말이야."

"비아냥거리는 거야?"

"말도 안 되는 소리. 나는 너한테 악감정 없어."

"……."

"지, 진짜라고."

그런데도 우리가 전력을 다해 맞부딪치지 못하는 것은 내 몸 상태가 좋지 않은 탓인 걸까, 아니면 덕분인 걸까…….

"뭐, 적어도 사전 조사는 해둬야 할 거야. 『적을 알고 나를 알면 백번 배가 침몰해도 위태롭지 않다.』라는 말도 있잖아."

"으, 응……."

마, 마치 타이타닉의 교훈을 살리기라도 한 것처럼 미묘하게 이상한 말인데? 저기, 진짜로 에리리 양께서는 사전 조사를 하는 겁니까요?

"싫어해도, 흥미가 없어도, 시간을 들여서 열심히 조사해야만 해."

"그, 그건 나도 했어. ……이거 봐. 내 방에 어울리지 않는 잡지가 굴러다니고 있잖아."

나는 구매 후 몇 시간 만에 바닥을 향해 집어 던져버렸던 도쿄 워○를 며칠 만에 발굴했다.

뭐, 시간을 들여서 열심히 조사하지 않은 점에 대해서는 반성해야만 하겠지만 말이다.

"흐음, 로쿠텐바 몰이구나. 역시 데이트……."

"아, 일단 하던 이야기나 계속하자. 응?"

그거, 한물간 단어라면서. 그런데 왜 데이트라는 단어를 계속 쓰는 건데?

"아무튼, 철저하게 조사했는데도 벽에 부딪힌다면…… 일단 미소 지어."

"미소?"

"그래. 그리고 무리해서 아는 척할 필요 없어. 그냥 미소를 지으면서 "응?"이라고 말하는 듯한 표정을 지으면 돼."

"아하. "으음, 이건 뭐지……?"라고 말할 때 짓는 표정 말이구나."

"잠깐, 내가 미소 지으라고 했잖아! 왜 질색하는 듯한 표정을 짓는 건데?"

"어? 이런 표정 지으라는 거 아니었어……?"

표정으로 말할 때는 뉘앙스 전달이 어렵구나…….

"상대가 무슨 말을 하는지 모를 때도 일단 미소 지어. 쓸데없는 질문은 자중해. 주위 사람들보다 튀어 보일 수 있는 언동도 금지. 네 주장을 억지로 밀어붙이는 것도 절대 안 돼……."

"……왠지 재미없을 것 같은걸."

"상대를 약간 치켜세워 주는 듯한 자세를 취하는 게 좋아. 안 그러면 쓸데없이 적만 늘어날 거야."

"마치 무승부를 노리는 것 같네."

"어웨이에서의 전술이니까 어쩔 수 없잖아?"

"……."

확실히, 이기려고 하니까 무리하게 되는 것이다. 그 결과 머리에 열이 나서 쓰러지고 만 바보도 존재한다.

그렇다면 종합적으로 봤을 때 에리리의 말이 옳을지도 모른다.

"즉, 눈에 띄는 짓을 하지 않으면, 남들이 흥미나 적의를 가지지 않는다는 거야."

"왠지 카토 같네."

그녀의 경우는 일부러 그러는 것이 아니기에 애수를 불러일으키지만 말이다.

"확실히 네 스타일이 아니라는 건 인정할게."

"뭐, 그렇긴 해. 무시당하면 왠지 열 받잖아? 모처럼 알고 지내게 된 상대에게 인정받고 싶다고 생각하는 건 당연한 일 아냐?"

"그런 건 홈에서 해."

우리의 홈…… 그것은 바로 오타쿠들의 영역을 말한다.

확실히 그곳에서라면, 같은 유니폼을 입고 같은 언어를 사용하는 같은 지역 서포터들이 우리에게 힘찬 성원을 보내줄 것이다.

우리는 그 서포터들에게서 힘을 나눠 받아 고도의 퍼포먼스를 발휘한다.

뭐, 때로는 아군이라고 생각했던 이들에게 신 나게 두들겨 맞고 진흙탕 싸움을 벌이게 될 때도 있지만 말이다.

"그러니까 또 하나의 얼굴을 가지는 건 나쁜 일이 아냐. ……자신을 위해서도, 타인을 위해서도 말이야."

어웨이에서는, 상류층 혼혈 아가씨이자 미술부 에이스이자 우리 학교의 아이돌.

홈에서는, 은둔형 오타쿠 아가씨이자 신진 일러스트레이터이자 벽서클 동인 작가.

사와무라 스펜서 에리리라는 인격은 홈에서 승점을 얻고 어웨이에서는 상대에게 최소한의 승점을 주면서 시즌을 치르는, 종합 성적에서 상위에 랭크되는 강팀으로 성장한 것이다.

……뭐, 『너는 어웨이에서도 충분히 강하잖아!』라는 딴죽은 이 녀석에게 있어서 아무런 의미도 없을 테니 그냥 묵살하기로 했다.

"하지만 나는 언제 어느 때나 평소의 나인 채로 승리하고 싶은데 말이야."

하지만 에리리가 지적한 대로, 나는 상황에 따른 전술의 선택이나, 시즌 우승을 노리는 전략 같은, 효율적이고 효과적인 생각을 좋아하지 않았다.

"그런 건 무리야. ……나나 카스미가오카 우타하도 또 다른 얼굴을 지녔어. 가면을 쓰고 있단 말이야."

하지만 에리리는 나에게 변하라고 말했다.

……우리가 갈라서고 만 그때부터, 계속해서…….

"하지만……."

"응?"

"너나 선배와는 다르게, 카토는 전혀 그러지 않잖아."

"……."

그렇다. 그런 전술이나 전략 같은 것을 전혀 이해하지 못하는 녀석도 있다.

"카토는 홈에서나 어웨이에서나 나 이상으로 철저하게 똑같은 전술을 쓴다고."

"……."

그렇다. 게다가 그녀는 부담을 가지지도, 위축되지도 않는다. 언제나, 어디서나, 어떤 상황에서나, 평소처럼 행동한다.

"나, 카토의 그런 점은 정말 대단하다고 생각해."

"…………윽."

그렇다. 나와는 방향성이 너무나도 다르지만, 어쩌면 아무 생각도 없는 것뿐일지도 모르지만, 그래도 효율적이면서 효과적인 사고방식을 취하지 않는 카토를 나는 동경하는 걸지도 모른다.

"뭐, 그래서 항상 무승부가 되는 걸지도…… 어, 어라? 그렇게 보면 역시 에리리의 말이 옳은—."

"내 의견을 마구 물어놓고선, 결국은 그(메구미) 애 편을 드는구나……."

"……뭐?"

내가 에리리의 의견을 긍정하려고 한 순간, 그녀는 갑자기 화를 터뜨렸다.

"네 데이트 상대, 카토 양 맞지?!"

"또 그 이야기냐?!"

"자아, 화내지 않을 테니까 엄마에게 솔직하게……!"

에리리가 분노를 터뜨리면서 선반에 놓인 피규어를 움켜쥐려 한 순간…….

딩동~.

"어이쿠~! 손님이 왔나 보네! 잠깐만 기다려!"

딱 좋은 타이밍에 인터폰이 울렸다.

정말 위험했다. 만약 에리리가 피규어를 집어 던졌다면 평생을 바쳐도 메울 수 없을 만큼 깊은 골이 생긴 우리는 그대로 영원히 결별하고 말았을 것이다.

하지만 이런 시간에 대체 누가—.

"서, 설마…… 큰일 났다."

"……응? 웬 큰일?"

에리리는 내 말을 무시하고 허둥지둥 내 침대에 뛰어들더니 커튼 사이로 창밖을 살폈다.

참고로 에리리는 내 방 창문을 통해 현관 앞을 살필 수 있다는 것을 10년도 전에 파악했다.

그런데 에리리가 왜 저렇게 당황—.

"마, 말도 안 돼?! 왜 저쪽이 온 거야?!"

"……저쪽?!"

에리리가 의표를 찔린 듯한 목소리로 그렇게 외치자, 나도 창밖을 살펴보았다.

우리 집 현관 앞에는—.

"……우타하 선배?"

—차분한 느낌의 블랙 롱헤어 미인이 꽃다발을 한 손에 든 채 서 있었다.

제3장

아, 그래도 다른 히로인과의 마주침 이벤트가 발생하는 걸 보면 아직 공통 루트인 것 같네

"그럼 실례할게."

"아, 방이 좀 어지러운 건 양해해주세요."

우타하 선배를 방 안에 들인 나는 문병 와준 연상 여성이 아니라 아무도 없는 방 안을 주의 깊게 살폈다.

"흐음, 생각했던 것보다 깔끔하게 정리되어 있네. 방 안에 있는 물건의 오타쿠 비율은 일단 제쳐두고 말이야."

"아, 예. 뭐……."

확실히 방 안은 꽤 정리되어 있었다. 조금 전까지보다도 말이다.

테이블 위에는 여전히 먹다 만 과일들이 놓여 있지만, 앞접시와 잔은 하나씩만 놓여 있었다.

책상 위에 있던 원고들도 깔끔하게 치워져 있었고, 방향제까지 뿌려져 있었다.

카펫에 묻은 녹색 얼룩은 여전히 남아 있었지만, 그것까지는 어떻게 할 수 없었으리라.

음. 완벽해, 에리리.

『토, 토모야! 카스미가오카 우타하를 데리고 밖에 나가 있어! 10분이면 돼!』

『어, 어떻게?』

『음료수가 떨어졌으니 편의점에 같이 사러 가자, 같은 적당한 이유를 대면 되잖아!』

『그, 그렇구나……. 잠깐, 내가 왜 그래야 하는 건데?』

『뻔하잖아! 내가 도망갈 틈을 만들기 위해서야!』

『그, 그렇구나……. 잠깐, 왜 그렇게 우타하 선배와 마주치는 걸 싫어하는 건데?』

『그야, 저 사람은 나를 볼 때마다 의미심장한 표정으로 나를 내려다보듯 바라보잖아! 저 사람이 "사와무라 양. 나는 뭐든 다 알고 있어."라고 말하는 듯한 눈빛으로 나를 쳐다볼 때마다 죽도록 짜증 난단 말이야!』

『너희 정말 골 때리는 사이구나…….』

약 10분 전, 나와 에리리는 이런 대화를 나눴다.

그리고 나는 에리리가 제안한 대로, 현관 앞에 서 있는 선배를 데리고 근처 편의점에 갔다. 그리고 겸사겸사 이치방쿠지[#3]를 뽑아본 후, 천천히 집으로 돌아온 것이다.

#3 이치방쿠지(一番くじ) 캐릭터 상품이 걸린 꽝 없는 제비뽑기. 피규어, 인형, 머그컵, 키홀더 등, 각양각색의 상품이 경품으로 걸린다.

"아, 먹다 남은 과일이기는 하지만 괜찮다면 드세요."
"양이 꽤 많네……. 누가 문병이라도 왔던 거야?"
"……이런 상황이 벌어질 수도 있을 것 같아서 미리 사다 놨어요."
그러고 보니 중요한 일을 말하는 것을 깜빡했다.
정말 유감스럽지만, 내가 뽑은 이치방쿠지는 F상이었다.

※ ※ ※

"어머, 멜론이 정말 맛있네. 부르주아스러운 맛이야."
"……그, 그것보다 대체 어떻게 제가 감기 걸린 걸 알았어요?"
우타하 선배는 아직도 의혹을 완전히 떨쳐내지 못했는지 과일을 먹으면서 나를 떠보는 듯한 말을 했다.
"점심 즈음에 카토 양이 메일로 알려줬어."
"그랬군요……."
카토는 분명 서클 멤버들에게 연락 사항을 전달하는 듯한 마음으로 이 정보를 퍼뜨린 것이리라.
즉, 에리리에게도 내가 감기에 걸렸다는 정보가 전해졌을 것이다……. 뭐가 문병이 아니라는 거야.
"카토 양도 문병 갈지 말지 망설인 것 같아. 하지만 모두 다 함께 가서 북적대면 환자에게 좋지 않을 것 같아서 가지 않겠다고 했어."

"……하아, 그랬군요~."

우타하 선배는 아이스커피를 마시면서 중요한 사실을 알려줬다.

참고로 말하자면, 선배가 커피를 마시는 컵은 유감스럽게도 평범한 컵이다.

잡지 독자 선물 이벤트에 응모해서 겨우 입수한 『사랑에 빠진 메트로놈』의 캐릭터 머그컵을 내줄 생각이었는데, 유감스럽게도 원작자 본인이 사양한 것이다.

결국 그 컵에는 선배가 문병 선물로 가져온 꽃을 꽂아서 테이블 위에 올려놓았다.

아니, 그러니까 이런 쓸데없는 정보는 신경 쓸 필요—.

"……불만이야?"

"아뇨. 별로요."

그렇다. 별로다. ……아주 쬐~끔만 불만이니까 말이다.

뭐랄까, 카토에게서 정보를 얻은 사람들은 이렇게 얼굴을 내미는데, 1차 정보 제공자인 당사자만 아무런 리액션도 취하지 않는다는 게 말이 돼?

뭐, 약속을 깬 사람은 나이고, 그 약속을 억지로 잡은 사람도 나이며, 남자 친척에게 말도 안 되는 혐의를 씌운 사람도 나인 데다, 이상한 서클에 끌어들인 사람도 나지만 말이다.

……어, 그런 식으로 생각하고 보니 카토가 나와 계속 가깝게 지내는 것 자체가 신기하게 느껴지는걸. 오른쪽 귀가 성희롱 발언으로 더럽혀지면 왼쪽 귀도 오타쿠 대화로 더럽히려 하는 어떤 성자 같잖아.

"그런 아쉬움은 다음 데이트 때 풀면 되잖아."

"메일로 그런 소리까지 했어요?!"

맙소사……. 그 정보(데이트)까지 퍼뜨린 거냐…….

만약 카토를 진심으로 좋아하는 녀석이 나타난다면, 그녀는 연락 사항을 전달하는 듯한 느낌으로 상대의 진심을 다른 이들에게 퍼뜨릴까.

어쩌면 카토 메구미라는 여자애는 쉬운 애면서, 아니 쉬운 애이기 때문에 오히려 무지막지하게 공략하기 힘든 녀석일지도—.

"……………………카토 양이 그런 이야기까지 메일로 했을 리가 없잖아."

"그, 그렇죠~?!"

바로 그때, 우타하 선배는 말 한마디로 내 마음속을 가득 채운 의심을 말끔히 걷어냈다.

그런데 왜 방금 그 말을 하기 전에 그렇게 뜸을 들인 겁니까요?

왜 내 얼굴을 바라보면서 입술 가장자리를 말아 올리는 겁니까요?

동요할 대로 동요한 나를 보는 게 그렇게…… 응, 분명 재미있을 거야.

"볼일이 있어서 전화를 건 김에 직접 캐냈어."

"그랬더니 카토가 바로 말해주던가요?"

"응, 의외로 간단하게…… 유도 신문에 걸려들었어."

"유, 유도 신문?! 그렇게 무시무시한 짓을 한 거예요?!"

"걱정하지 마. 카토 양은 분명 자신이 데이트 사실을 밝힌 것도 눈치채지 못했을 거야."

"그, 그게 더 무섭거든요?!"

덫 설치의 우타 씨라 불리는 카스미가오카 우타하는 오늘도 본인의 머리카락만큼 속이 시꺼멨다.

"참, 오늘 처음으로 카토 양과 이런저런 이야기를 나눴는데 정말 즐거웠어."

"매주 미팅을 하는데도 카토와 이야기를 나누지 않는 선배와 에리리가 문제라고 생각해요."

"하지만 카토 양은 윤리 군이 아끼는 애잖아. 그래서 그런지 프로듀서가 띄워주려고 발버둥 쳐대는 모습을 볼 때마다 프로듀서와 내연 관계인 아이돌에게서나 느껴질 법한 언터처블한 존재감이 그녀에게서 느껴진단 말이야. 그래서 제작 파트 쪽에서는 그 애에게 아무 말도 못 하는 거야."

"나랑 카토는 그런 사이가 아니고, 당신들은 나를 윗사람이라고 생각하지 않을 뿐만 아니라, 마구 간섭을 해대잖아요!"

으음, 우타하 선배의 망언은 못 들은 걸로 해두자. 그것보다 내가 만든 게임이 동인계에서 엄청난 히트를 쳐서 상업 메이커가 접촉해 오고, 그뿐만 아니라 애니메이션화까지 됐을 때도 이런 소리를 리얼로 듣지 않도록 조심해야겠어.

"뭐, 그것보다 대체 어떤 이야기를 나눴어요?"

"그야 평범한 걸즈 토크?"

"우타하 선배의 걸즈 토크가 어떤 걸지 전혀 상상이 안 되네요."

"우선 남자애들에 관한 이야기를 했어."

"왠지 불길한 예감이 들기는 하지만, 확실히 정석적이기는 하네요."

"윤리 군을 어떻게 생각하는가, 라든가."

"친구. 무지막지하게 대하기 편한 친구."

나는 자신감에 찬 목소리로 대답했다.

선배가 어떻게 부추기더라도 카토가 그 외의 다른 대답을 할 요소는 없으니까 말이다.

사실 관계 면에서도, 성격 면에서도, 그리고 그녀의 인식 면에서도 말이다.

"어디까지 갔는가, 라든가."

"가장 멀리 간 게 와고 시."

데이트 펑크를 낸 데 대한 사과를 겸해, 조금 더 먼 곳에 가게 될지도 모르겠군.

“아무튼, 그런 이야기를 시간 가는 줄 모를 만큼 즐겁게 나눴어.”

“방금 선배가 한 말에서 즐거움을 유발할 요소는 눈곱만큼도 없는 것 같은데요…….”

“그리고 이야기가 핵심을 향해 치닫더니, 결국 나와 윤리 군의 첫 체험 때의 일도 말했어. ……그때, 정말 아팠다니깐.”

“안 했거든요?! 첫 체험 안 했거든요?! 고통을 유발할 만한 짓은 눈곱만큼도 안 했었잖아요!”

“걱정하지 마. 아팠던 건 몸이 아니라 마음이야.”

“그것도 문제라고요! 그런 음란마귀…… 아니, 유언비어 좀 유포하지 말라고요!”

“내 말에 그렇게 리얼리티가 없어? 카토 양은 믿는 눈치던데?”

“믿는 게 더 문제라고요! 제발 좀 봐줘요…….”

맹독 같은 우타하 선배와 무색무취의 카토…….

혹시 이 두 사람이 합체하면 그 누구도 눈치채지 못하는 최강의 암살 병기가 되지 않을까?

“뭐, 아무튼 정말 유익한 시간을 보냈어.”

“아니, 그 이야기의 어디가 유익—.”

"카토 메구미라는 히로인의 조형(造型)에 조금 더 다가간 느낌이야."

"어……."

내가 깜짝 놀라며 우타하 선배를 바라보니, 그녀의 눈에 맺힌 빛이 어느새 변해 있었다.

"성격, 언동, 특징적인 말투, 취미, 좋아하는 음식, 좋아하는 색깔……."

평소의 차갑고 엷은 독기가 배어 나오는 조롱 섞인 눈빛이 아니었다. 그녀의 눈에는 아주 약간의 열기와 아주 약간의 진지함, 그리고 아주 약간의 부끄러움이 섞여 있었던 것이다.

"생일, 혈액형, 스리 사이즈…… 많은 정보를 그녀에게서 캐낼 수 있었어."

"으음, 마지막 것(스리 사이즈)만 지금 가르쳐주면 안 될까요?"

"본인에게 직접 물어봐."

"예……."

그래서일까, 내가 농담을 던져도 선배는 받아주지 않았다.

"이걸로 캐릭터 설정에 필요한 퍼스널 데이터를 얼추 확보했어."

저것은, 그녀가 실제로 창작 활동을 할 때 보여주는 크리에이터로서의 눈빛이다.

"확실히 윤리 군이 말한 대로 데이터 하나하나는 특징적이라는 표현과는 거리가 멀긴 해."

처음 만났을 적, 광팬인 티를 마구 내는 나의 시선과 언동에, 팬을 대하는 데 익숙하지 않은 새내기 작가다운 반응을 보이면서 보여줬던, 열기와 부끄러움이 깃든 눈빛.

"하지만 그 하나하나를 농축하고 데포르메한 후, 약간 비틀어주면, 한 작품의 캐릭터로 성립시킬 수 있을 거라고 봐."

평소에는 냉철한 비평가를 가장하지만, 작가라는 인종의 내면에는 중2병 환자의 자질이 잠들어 있다.

자신의 마음속에서 솟구쳐 오르는 망상을 작품에 쏟아붓는 구상 파트에서 비평가 같은 눈빛을 띨 수는 없을 것이다.

"그 말은……."

즉, 드디어…….

"응. 슬슬 본격적인 작업을 시작할게."

"우타하 선배……!"

그녀가 펜을 들 때가 된 것이다.

"우선 메인 히로인의 캐릭터 설정과 시나리오 플롯 작성부터…… 하면 되지?"

"고, 고마워요, 선배! 방금 그 말이야말로 최고의 문병 선물이에요!"

그렇다. 지금의 나에게 있어 이것 이상의 선물은 없을 것이다.

복숭아 캔과 멜론을 가지고 와서는 내 방에서 자기가 내는 동인지의 원고나 그리던 녀석과는 본질적으로 다르다. 그리고 나를 골탕 먹이려고 시트○ 소다를 가지고 오는 건 정말 너무하잖아.

"딱히 고마워할 일은 아냐. 그저 상업 쪽 일이 일단락됐으니, 이 틈에 동인 쪽 일을 해두려는 것뿐이니까 말이야."

"그, 그래도 고마워요! 역시 우타하 선배는 정말 좋은 사람이에요."

그렇다. 요즘 들어 선배의 독설에 대미지를 입을 때가 많아 깜빡했지만, 카스미가오카 우타하라는 사람은 기본적으로 남을 잘 돌봐주고 상냥한 선배다.

"그렇지 않아. 그저 적과 아군을 철저히 구별할 뿐이야."

"예. 의리 넘치는 깡패 조직의 여자 보스 같아요!"

"너, 모가지."

"보쓰으으으으읏?!"

※ ※ ※

그 후, 우리는 최근 라이트노벨 업계의 동향이나, 담당 편집자 험담, 신작 초판 부수에 관한 영업부와 편집부의 뜨거운 공방(攻防) 같은 것들에 대해 이야기를 나눴다.

아니, 후반부는 일반인인 나에게 이야기해도 되는 걸까

하는 생각도 들었다.

"안정을 취해야 하는 환자 옆에서 너무 떠들어대는 것도 좀 그러니까 나는 이만 갈게."

"아, 예……."

아무튼, 우타하 선배는 30분도 채 지나기 전에 자리에서 일어났다.

정말, 환자를 신경 쓰지 않으며 이 방에 눌러앉아 전혀 돌아갈 기색을 보이지 않던 누군가와는 본질적으로 달랐다.

겨우 한 살밖에 차이가 나지 않는데 왜 이렇게 다른 걸까.

……적으로 돌렸을 때의 무시무시함과 음흉함, 악랄함을 포함해서 말이다.

"설정과 플롯 등의 최초 마감은 다음 주 주말 정도면 되겠어?"

"예, 충분해요. 바쁠 텐데 신경 써줘서 고마워요, 선배……."

"아니, 괜찮아. ……나도 윤리 군과 또 하나가 될 수 있어서 기뻐……."

"저기, 하나가 된 적 없거든요? 그리고 "또"는 뭐예요? 그렇게 과거에 깊은 인연이 있었던 것처럼 날조하지 좀 말라고요."

"약간 비유적 표현을 썼을 뿐이잖아."

"현역 작가가 정감 넘치는 비유적 표현을 쓰면 괜한 오해

사기 십상이란 말이에요!"

카토에게는 그렇게 효과가 없어서 다행이지만, 다른 누구씨에게는 엄청 효과가 있는 것 같았다.

"하지만 기쁘다는 건 진짜야. 너와 또 인연을 이어가게 되었잖아. 그건 그녀도 마찬가지일 거야."

"저기, 저는 우타하 선배와 인연을 끊은 적이 한 번도 없거든요?"

뭐, 다른 한쪽(에리리)과는 모르겠지만 말이다.

그리고 나와의 인연을 그렇게 소중히 여긴다면 순순히 서클에 들어와 줬으면 좋았을 거잖아. 내가 엉터리 기획서를 쓰게 하지 말고 말이야.

이런 쓸데없는 말을 했다간 또 이야기가 복잡해질 것 같았기에 그냥 말을 삼켰다.

"……뭐, 유저 측의 입장에서는 그렇게 느꼈을지도 몰라."

"……그게 무슨 소리예요?"

하지만 우타하 선배는 나와는 달리 쓸데없는 말을 삼키지 않았다…….

방금 그게 무슨 소리지?

왠지 불안감이 마구 느껴지는데?

그것도 숨 막힐 정도로 강렬한 불안감이!

"저기, 윤리 군……. 아니, 토모야 군. 이제부터 내가 하는 말, 잘 기억해둬."

"서, 선배……?"

그리고 내 마음속에 존재하는 초조함을 꿰뚫어 보려는 것처럼 내 앞에 선 우타하 선배는 내 눈동자를 지그시 응시했다.

"나는 너를 위해서라면 뭐든 할 수 있어."

"예, 에……?"

그리고 그 어떤 상대라도 유혹할 수 있을 듯한 고혹적인 말을 입에 담았다.

그것도, 숨결이 느껴질 만큼 가까운 거리에서 말이다.

"…………뭐, 시간적, 금전적, 정신적으로 충분하기 그지없을 만큼 여유가 있을 때만 말이야."

"눈 깜짝할 사이에 엄청 평범한 분위기가 됐잖아?!"

그리고 우타하 선배는 내가 느끼는 초조함을 말 한마디로 불식시켰다.

그리고 그 한마디를 하기 전에 왜 그렇게 뜸을 들이는—.

"아무튼, 심심할 때라면 협력을 아끼지 않을 거야. 지금까지와 마찬가지로 말이야."

그리고 내 오른편을 향해 고개를 돌리더니, 옅으면서도 사악하기 그지없는 미소를 지었다.

그 탓에 선배의 숨결이 내 오른쪽 귀에 살짝 닿았다.

그것이 간지러우면서도 정말 기분이 좋았다. 아아, 진짜 끝내주네…….

"죄송해요. ……제가 선배에게 줄 수 있는 건 이 새끼손가락뿐이에요."

"그 농담, 이제 재미없으니까 질질 끌고 가지 마."

"아, 그래요?"

우타하 선배는 그렇게 말하면서 평소의 선배로 되돌아갔다.

"그럼 갈게."

"아, 현관까지라도 배웅—."

"괜찮아. 환자는 누워서 쉬고 있어."

선배는 아무 일도 없었다는 듯이 돌아서서 방 밖으로 나갔다.

방금 보여줬던 선정적인 태도는 대체 뭐였냐는 생각마저 들 만큼…… 뭐, 이 사람이 이런 변덕을 부리는 것은 하루이틀이 아니지만 말이다.

"아, 그리고…… 자전거를 숨기는 걸 깜빡했나 보네."

"자전거?"

"이만 갈게."

"아……."

그리고 방 밖으로 나간 우타하 선배는 복선틱한 대사를 남긴 후, 문을 닫았다.

그리고 계단을 천천히 내려가는 소리, 현관문이 닫히는 소리가 들려왔다.

창문의 커튼을 젖혀보니, 현관 밖으로 나온 선배가 어둠 속으로 사라져가는 모습이 보였다.

어느새 밖은 어둠으로 뒤덮여 있었다.

"……휴우."

방에 홀로 남은 나는 긴장이 풀렸는지 천천히 숨을 내쉬었다.

오전에만 해도 감기에 걸린 탓에 심심한 하루가 될 것이라고 생각했는데, 오후가 되자마자 여러 사람들이 집으로 찾아오면서 여러 일들이 벌어졌다.

짜증 나는 일, 감사할 일, 심장에 나쁜 일, 그리고 기쁜 일―.

그중에서도, 드디어 내 기획이 본격적으로 시작됐다는 사실이 감기에 걸린 내 텐션을 끌어올리면서 내 체온 또한 높아진 것 같았다.

그 탓에 어지러움을 느낀 나는 그대로 침대에 드러누웠다.

이제 자자. 그리고 휴식을 취하면서 내일을 위한 활력을 모으자.

다음 주부터는 드디어 본격적인 게임 제작 활동이 시작될 것이다.

앞으로는 감기 기운 따위에 질 틈이 없으리라.

아, 그리고 겸사겸사 『로쿠텐바 몰 문제』에 대해서도 심각하게 고민해봐야―.

퍽.

“……어?”

결의를 다지며 전기 스위치를 향해 손을 뻗은 순간…….

퍽퍽퍽.

“어…….”

매미 소리와도, 에어컨이나 실외기 소리와도 다른 소리가 방 안에 울려 퍼졌다.

쿵, 쿵쿵쿵.

게다가 점점 커지면서 변화하고 있는 이 소리는 일정한 방향에서 들려왔다. 바로 내 방 서쪽에서 들려오고 있었다.

이 소리의 근원지는 옆방이 아니라―.

우직.

“아…….”

내 방 벽장 안―.

″으~~~?!″

“……괜찮아?”

애니메이션 캐릭터가 프린트된 대형 베개가 잔뜩 들어 있으며, 안에서는 잘 열리지 않는 벽장 안에서 소리가 흘러나오고 있었다.

쿵쿵쿵쿵! 쿠쿠쿠쿵, 쿵쿵쿵쿵!

"……열어줄 테니까 내 방 벽장 부수지 마."

저 벽장의 문은 밖에서만 열 수 있기에, 나는 어질어질한 머리를 한 손으로 누르면서 그 문을 잡은 후, 힘껏 잡아당겼다.

그러자…….

"아야야야야야야야……."

"너, 내 방에 올 때마다 어딘가에 머리를 찧지 않으면 분이 안 풀리기라도 하는 거냐……."

베개를 양손으로 꼭 껴안은 금발 머리 소녀가 안에서 튀어나왔습니다요.

"아아~. 더워 먹을 뻔했어."

"집에 돌아가지 않았던 거냐……."

환자인 나보다 더 땀투성이인 데다 얼굴이 새빨갛잖아. ……더위를 먹을 뻔한 게 아니라 이미 먹은 거 아냐?

"저, 정말…… 짜증 나는 여자라니깐……. 뭐가 "너를 위해서라면 뭐든 할 수 있어."야!"

아, 그래. 우타하 선배가 방금 선정적인 태도를 취한 건…… 이 녀석이 보고 있다는 걸 눈치채서였구나.

아, 그러고 보니 그 외에도 이상한 말을 꽤 했었지. 『부르주아스러운 맛』이라든가, 『모두 다 함께 가서』라든가 『자전거를 숨기는 걸 깜빡했나 보네』라든가…….

이 두 사람, 완전 이심전심이군……. 진짜 사이 나쁜 거

맞아?

그건 그렇고…….

"도망칠 시간을 만들어줬는데 왜 돌아가지 않은 거야?"

"아~ 그게 말이야. 컵 같은 걸 치우다 도망칠 타이밍을 놓치고 말았어."

"……정말이야?"

"내…… 내가 거짓말을 할 이유가 어디 있어?"

"……."

"……."

이유가 없지는 않았다. 아니, 너무 많았다.

"뭐, 좋아. 빨리 돌아가."

하지만 지금은 너무 피곤했기에 더는 이 일로 왈가왈부하고 싶지 않았다.

"네가 가라고 안 해도 갈 거야!"

에리리는 전형적인 미소녀 게임 히로인들처럼 불같이 화낸 후, 내 방에서 나가려 했다.

"아, 그리고!"

"또 할 말이 남은 거냐……."

"나도 다음 주부터 캐릭터 디자인을 시작할 거야. ……내일까지 동인 원고 쪽도 얼추 마무리될 것 같거든."

"그래?"

"태도가 왜 그 모양 그 꼴인 거야?! 카스미가오카 우타하

가 작업을 시작하겠다고 했을 때는 그렇게 기뻐했으면서!"

"……이야아, 고마워. 정말 기뻐~. 최고의 문병 선물이야~."

"그러니까 왜 감흥 없는 목소리로 말꼬리를 길게 늘어뜨리면서 말하는 거냔 말이야!"

"아니, 뭐……."

그야 네가 작업을 시작하는 이유가 너무 뻔해서 말이야…….

"미리 말해두겠는데, 처음부터 그럴 생각이었어. 딱히 그 여자에게 지기 싫다거나 반발해서 시작하는 게 아니란 말이야!"

"아~ 그래?"

인마, 지기 싫을 뿐만 아니라 반발해서 시작하는 거잖아.

"……내 말, 안 믿는 거지?"

"어느 쪽이든 간에 작업을 시작해준다니 정말 고마워. 덕분에 살았어. 기대할게."

"……윽."

"그럼 다음 주에 봐."

"흥!"

방금 내가 진짜로 감사하는 척하면서 건넨 말이 제대로 먹혔는지(실제로도 감사하고 있지만) 에리리는 겨우 분노를 가라앉히고 내 방에서 나갔다.

그리고 방문을 닫기 위해 문손잡이를 힘껏 잡아당—.

“잠깐. 그건 두고 가.”

“쳇.”

—긴 순간, 그녀가 옆구리에 끼고 있던 애니메이션 캐릭터가 프린트된 베개가 문틈에 끼었다.

이 녀석, 벽장 안에 있던 것 중 가장 프리미엄이 많이 붙은 걸 그새 찾아낸 거냐…….

제4장

꼭 집어서 표현은 못 하겠지만, 뭔~가 좀 다른 것 같단 말이지~
#듣는_이가_살의를_느끼게_만드는_대사

"주말에 약속 펑크 내서 정말 미안해!"

"……."

월요일 아침.

전철역에서 나와 기척을 숨긴 채 학교를 향해 걸음을 옮기는 카토를, 오감을 총동원해 수많은 군중들 안에서 찾아낸 나는 그녀를 향해 전력 질주했다.

……딱히 의식적으로 기척을 숨긴 것은 아닐 거라고 생각하지만, 그래도 카토는 정말 찾기 힘든 녀석이라니깐.

"다음번에 어떤 식으로든 꼭 만회할게! 그러니까 화 풀어!"

"……."

나는 그녀를 따라잡자마자 필사적으로 사과했지만, 상대의 반응은 그리 좋지 않았다.

카토는 입을 꾹 다문 채 나를 똑바로 바라보면서 아무런 반응도 보이지 않았다.

뭐, 평소처럼 멍한 태도를 취한 것처럼 보이기도 했지만, 어찌 된 영문인지 그녀는 아무 말도 하지 않았다.

"왜, 왜 그래? 설마 이 정도 사과로는 풀리지 않을 만큼 화가 난 거야?"

"아, 아냐. 으음, 조금 감동한 것뿐이야."

"대체 뭐 때문에?"

"아키 군이 나한테 저자세로 나왔다는 사실에 말이야."

……하지만 결국 이것 또한 실로 카토다운 반응에 불과했다.

"나, 그렇게 고압적인 인간은 아니라고 생각하는데?"

"응. 그렇게 생각해. 나 외의 다른 사람에게는 말이야."

"……카토는 나에게 있어서 특별한 존재인 메인 히로인이라서 그런 걸로 하면 안 될까?"

결국 평소와 다름없는 카토를 보고 안심하면서도 마음 한편으로 반성한 나는 앞으로 카토에게 상냥하게 대하겠다고 맹세했다.

우선 사람들 사이에 있으면 찾기 힘들다든가, 완전 매몰되어 있는 것 같다든가, 엑스트라 같다든가, 그런 미묘하게 무례하기 그지없는 표현은 쓰지 않기로 했다.

……잠깐, 『미묘』와 『그지없다』라는 표현은 양립할 수 없잖아.

"참, 나도 문병 못 가서 미안해."

"아니, 미안해할 필요 없어."

"뭐? 딱히 기다리지 않았거든? 그리고 와봤자 방해만 돼!" 같은 새콤달콤한 언동은 어제 써먹었으니까 됐어.

"나도 갈까 했는데, 다른 사람과 상의해본 결과 가지 않기로 했어."

"나도 알아. 우타하 선배가 말린 거지?"

"아니. 사와무라 양이 말렸어."

"뭐?"

"나, 전에 아키 군의 집에서 사와무라 양과 만난 적 있잖아? 그래서 같이 문병 가지 않겠냐고 연락해봤는데……."

"……그 녀석이 뭐라고 했는데?"

"아키 군의 감기는 초등학생 때 학급 하나를 전멸시켰을 만큼 고약하니까 가지 말라고 했어."

"……호오."

나는 초등학생 때 그야말로 생물 병기였군.

하지만 덕분에 우타하 선배가 왔을 때 에리리가 "왜 저쪽이 온 거야?"라고 말한 이유를 눈치챘다.

그 녀석은 그때 우리 집에서 마주칠 가능성이 있는 사람은 카토뿐이라고 생각했던 거구나…….

"안녕, 오타쿠들."

"그래, 안녕."

"좋은 아침이야, 미코."

여자 클래스메이트A와 아침 인사를 나누면서도, 나는 주말에 우리 집에서 두 소녀가 벌였던 일들을 필사적으로 정리했다.

선배는 에리리가 우리 집에 있는 걸 알면서도 대놓고 그 사실을 밝히지 않았다. 그건 그녀를 감싸주기 위해서였던 걸까?

대체 우리 서클의 멤버들 사이에서는 얼마나 무의미한 심리전이 벌어지고 있는 거야……?

"응. 카스미가오카 선배와 이런저런 이야기를 했어."

"흐음."

등교하면서 나누는 우리의 대화 주제는 어느새 우타하 선배로 바뀌어 있었다.

"잠깐만. 그건 즉 카스미 우타코 선생님과 이야기를 나눈 셈이나 마찬가지잖아……. 와아, 정말 영광이야."

"그 사람과는 매주 만나고 있잖아……."

게다가 연기 특훈까지 받았다면서 왜 이렇게 선배에게 거리감을 느끼고 있는 거지?

이것이 「격」의 차이라는 걸까.

"그런데 말이야. 역시 작가님이라 그런지 대화에서 센스가 느껴졌어~."

"너도 그걸 느꼈구나……."

그건 그렇고 카토와 센스 있는 대화를 나누다니, 역시 우타하 선배는 대단한 창작자…… 창작자?

"그런데 카토……."

"응? 왜?"

그 순간, 나는 중요한 사실을 떠올렸다.

"선배가 나에 대해서 뭐라고 안 했어?"

"응……?"

『그리고 이야기가 핵심을 향해 치닫더니, 결국 나와 윤리 군의 첫 체험 때의 일도…….』

선배는 우수한 창작자…… 즉, 악질적인 허풍쟁이라는 사실을 말이다.

"아니, 그럴 리야 없겠지만 내가 무정한 남자라거나 최악의 쓰레기라는 등의 험담이나 악담, 소문, 사실 같은 걸 너한테—."

"……그 안에 역시 사실도 포함되어 있었구나."

"늘어놓은 거냐?!"

"으, 으음…… 쬐, 쬐끔?"

"말해! 전부, 싹 다, 이실직고하라고!"

"그, 그건 무리야. 여자 대 여자로서 약속했기 때문에 말할 수 없어~."

“카토. 너 혹시 선배에게 괴롭힘 당하고 있으면 말해. 내가 상담 상대가 되어줄게.”

“다른(아키 군) 사람에게 당하는 괴롭힘과 성희롱과 오타쿠 취미 강요에 대한 상담은 누구에게 부탁하면 될까?”

젠장. 역시 우타하 선배군. 미리 완벽하게 입막음을 해뒀잖아.

뭐? 조금 전에 한 맹세? 그게 무슨 소리지…….

“오오, 토모야 콤비. 오늘은 일찍 왔네.”

“그러는 너는 평소보다 늦었잖아. 오늘은 아침 훈련 없는 거야?”

“좋은 아침이야, 나가시마 군.”

아무튼, 이렇게 럭비부 소속 남자 클래스메이트B와 아침 인사를 나누면서, 나는 문뜩 이런 생각이 들었다…….

요즘 들어, 드디어 클래스메이트들의 카토에 대한 인식이 변하기 시작한 것 같았다.

……내 친구나 애인이 아니라, 내 오타쿠 커뮤니티의 일원으로 말이다.

※ ※ ※

방과 후의 시청각실.

사람 백 명 정도는 들어갈 수 있을 만큼 넓은 이 시청각실 안에서는 현재 겨우 네 사람의 목소리만이 울려 퍼지고 있었다.

시청각실이라는 명칭에 걸맞게, 이 교실의 네 모퉁이에는 대형 액정 디스플레이가 설치되어 있고 천장에는 프로젝터가, 교실 정면에는 특대 전동식 스크린이 달려 있었다.

게다가, 교실 뒤편에는 두꺼운 유리 칸막이로 된 방송실 겸 시청각 준비실이 있어서 유사시(문화제)에는 애니메이션 마라톤 상영회를 실시할 수도 있다.

이 학교 안에서도 가장 비싸 보이는 기자재들이 모여 있는 장소를 우리 같은 무명 서클(이름이 널리 알려지지 않았다는 의미만이 아니라 진짜로 이름이 없음)이 매일같이 독점할 수 있는 데는 다 이유가 있다.

1학년 때부터 『내가 시청각실을 가장 잘 이용할 수 있어!』라고 주장하듯 이 교실을 마구 유효 활용한 탓에, 나는 기계치가 대부분인 교사들에게 뉴타입으로 인정받고 말았다.

그 덕분에 어느 선생님이든 이 교실의 기자재를 이용해 수업을 하다 문제가 발생하면 방송실에 연락해서 나를 불렀다. 그 결과, 언제부터인가 내가 이곳을 점거해도 아무 말도 할 수 없는 분위기가 형성되고 만 것이다.

"그럼 카토 양. 이번에는 뾰로통한 표정을 지어봐."

"뾰, 뾰로통……?"

"응. 약간 기분 나쁜 일이 있었을 때의 표정 말이야. 약간 볼을 부풀리면서 "흥. 이제 아는 척도 안 할 거야."라고 말하는 듯한 느낌."

"뭐? 뭐?"

"하아, 왜 당황한 듯한 표정 짓는 건데?! 좀 더 뾰로통한 표정을 지어! 오늘 안에 모든 표정 패턴을 수집해야 하니까 갈 길이 멀단 말이야!"

"으, 응!"

평소와 마찬가지로 우리가 모여 있는 방과 후의 시청각실에서는, 평소와 마찬가지로 분노 섞인 고함이 울려 퍼졌다.

하지만 오늘은 평소와 다른 점이 하나 존재했다…….

"저기 카토 양……. 그렇게 충치 치료하고 볼에 솜 넣은 것 같은 얼굴 하지 마. 좀 더 화난 듯한 표정 지을 수는 없어?"

"미, 미안, 사와무라 양……. 으음, 그럼 이러면 돼?"

고함을 지르는 사람은 동일하지만, 그 고함의 대상이 된 존재가 평소와 달랐던 것이다.

"……그건 지금 상황에 딱 맞는 『약간 미안해하는 표정』이잖아."

"새, 생각보다 어렵네……."

등을 꼿꼿이 편 채, 긴장한 표정으로 의자에 앉아 있는 카토.

그리고 그녀의 맞은편에 의자를 두고 앉아, 눈앞에 놓인 커다란 캔버스에 연필로 무언가를 그리는 에리리.

참고로 말하자면 에리리는 캔버스에 얼굴을 파묻을 듯한 자세를 취하고 있었다. 그녀의 얼굴과 캔버스 사이의 거리는 10센티미터도 되지 않을 것 같았다.

그러고 보니 이 녀석, 남들 앞에서는 절대 안경 안 쓰지.

"이미지적으로는…… 토모야에게 심한 소리를 들었거나, 성희롱을 당한 순간 지을 법한 표정?"

"나 그런 짓 안 했거든?! 전혀, 완전히, 눈곱만큼도!"

"저기, 아키 군. 솔직히 말해 그건 거짓말이야."

"아, 또 표정이 멍해졌어……. 하아, 또 처음부터 다시 해야 하잖아!"

"히익."

아무튼, 지금 이 상황은 화가인 에리리가 모델인 메구미에게 세밀한 표정을 지시하는 것처럼 보였다. 평소의 에리리만 아는 사람이 이 상황을 봤다면 분명 미술부 부활동 중이라고 생각하리라.

뭐, 이것이 미소녀 게임의 캐릭터 디자인 작업이라는 사실을 눈치채는 사람이 몇 명이나 있을까…….

"그리고 토모야!"

"응! 혹시 내가 도울 일이 있으면—."

"나는 레몬티!"

"뭐……."

"알고 있겠지만 립○ 외의 딴 걸로 부탁해. 그건 홍차 같아서 입에 안 맞아."

그렇다. 이것은 게임 캐릭터의 디자인 작업이다.

드디어 내가 세운 기획이 본격적으로 시작된 것이다.

그래서 이렇게 중요한 임무를 나에게 맡겨…… 어, 잠깐만.

"저기, 나는 이 기획의 프로듀서 겸 디렉터인데……."

즉, 나는 이 기획에, 그리고 이 자리에 없어서는 안 되는 존재인 것이다.

"아, 그래? 그러고 보니 그러네."

에리리는 그제야 내가 하려는 말이 무엇인지 이해했는지 가볍게 손뼉을 치더니—.

"카토 양은 뭐 마실래?"

"으, 으음……?"

친절하게도, 카토에게 어떤 음료수를 마실지 물어보았다.

"토모야도 내 것만 사 올 수는 없을 거야. 현장의 분위기가 나빠질 수도 있고, 디렉터인 이상 스태프들을 평등하게 대해야 할 테니까 말이야."

"아키 군, 그런 거야?"

"……카토는 커피면 되지?"

이 상황에서 "말도 안 되는 소리 하지 마!"라고 외치면 현장의 분위기가 나빠질 테고, 디렉터로서 스태프들을 공평하게 대해야 하니까…….

"그럼 카페오레 부탁해."

"알았어……."

그리고 이런 상황에서 약간 미안해하면서도 사양하지 않는 점이 역시 카토다웠다.

"아, 돈……."

"괜찮아, 카토 양. 이럴 때는 보통 디렉터가 사주는 법이거든."

"……."

그렇다. 나는 이 기획의 프로듀서 겸 디렉터인 아키 토모야…….

지금은 게임 제작이 본격적으로 시작되었다는 사실을 기뻐하면서, 자신이 할 수 있는 일을 묵묵히 할 뿐이다.

"아, 그리고 손을 더럽히지 않고 먹을 수 있는 간식도 부탁해."

"……."

아아, 바쁘다 바빠.

"우타하 선배…… 간식 사 왔어요."

"……."

이쪽은 에리리와 카토가 있는 창가와는 정 반대편…….

저녁노을이 닿지 않는 복도 쪽 가장 뒷자리에서는 우타하 선배가 묵묵히 노트북의 키보드를 두드리고 있었다.

"선배는 블랙이면 되죠? 자, 여기 있어요."

"……."

선배는 키보드를 두드리는 손을 멈추지 않았다.

하지만 그녀의 입은 평소보다도 움직임이 없었다.

그야말로 묵묵히 일에 열중하고 있는 것이다.

정말 엄청났다. 이렇게 일에 집중하는 선배는 본 적이 없었다.

"그리고 과자도 사 왔어요. ……배고프면 드세요."

"……."

어쩌면 선배의 제작 현장에 가본 적이 없어서 본 적이 없는 걸지도 모른다.

아무튼, 선배는 엄청난 집중력을 발휘하며 작업에 임하고 있었다.

이거, 엄청난 명작이 탄생할 것 같은 예감이—.

"윤리 군."

"예?"

집중 중인 우타하 선배에게 방해가 되지 않도록 떨어져 있으려던 나를, 갑자기 선배가 불러 세웠다.

"단 것도 있어?"

"아, 예. 빼빼로 있어요."

"그럼 그거 먹을래."

과자가 든 봉지를 뒤지기는커녕, 그녀의 눈은 여전히 노트북 화면에서, 그녀의 손은 키보드에서 떨어지지 않았다.

"아, 예. 여기 있어요."

그래서 나는 조금이라도 선배에게 도움이 되고 싶다는 마음에 빼빼로의 포장을 뜯어서 선배의 오른편에 둔 후, 다시 물러서려고—.

"내가 방금 "먹을래."라고 말했지?"

"예. 그래서 선배 옆에 뒀어요."

"이 상황에서 대체 어떻게 먹으라는 거야?"

"그야 오른손으로—."

"여전히 눈치가 없네…… 쳇!"

"윽……."

우타하 선배가 그렇게 말하면서 혀를 찬 순간, 키보드 타이핑이 더욱 빠르고 거칠어졌다.

문뜩 노트북 화면을 보니, 거기에는 무시무시한 속도로 문자가 표시되고—.

『오라버니는 바보! 치킨! 겁쟁이!』

『혼자서 먹을 수 있잖아? 루리, 네가 올해로 몇 살—.』

『나이랑은 상관없어요! 손 뗄 틈이 없을 만큼 바빠서 그런 거란 말이에요……!』

"……으음. 지금 플롯 만들고 있는 거 맞아요?"

아니, 이건 그러니까, 솔직히 말해『나는 바쁘단 말이야!(먹여줘, 아~.)』같은 뜻 같은데……?

“…….”

“…….”

우타하 선배는 내 질문을 듣고도 반응을 보이지 않았다.

그저 노트북 화면에 추가된 여동생 캐릭터의 대사가 점점 과격해지면서, 어른스러움과는 거리가 멀어져가고 있을 뿐이었다…….

“…….”

“으음, 이러면 되나요……?”

결국 나는 빼빼로를 하나 꺼내 선배의 시야를 가리지 않게 조심하면서 빼빼로의 끝을 선배의 입술에—.

—댄 바로 그 순간.

오독오독오독오독.

“우왓?!”

내가 쥔 빼빼로는 초콜릿으로 코팅되지 않은 부분만 남긴 채 순식간에 사라져버렸다.

이건 완전 지옥의 빼빼로 게임이잖아. 손가락까지 먹히는 줄 알았네.

그런 생각을 하는 와중에도, 선배의 플롯 작업은 점점 진행되었고, 그에 맞춰 노트북 화면을 새로운 대사가 유린했다.

『오라버니! 한 입 더! 한 입 더 주세요!』
『너, 정말 어리광이 심하구나…….』

"선배……."
"…………."
이 사람, 혹시 염치나 주눅 같은 표현을 모르는 게 아닐까.
아니, 어쩌면 이것이 작가의 본성일지도 모른다……. 아마 아니겠지만 말이다.
"으음…… 그럼 하나 더—."
오독오독오독오독.
"부탁이니까 그렇게 허겁지겁 먹지 말라고요, 선배."
하지만 나도 두 번째라 그런지 꽤 익숙해졌다.
즉, 이것은 빼빼로 게임이 아니라 잉어에게 먹이를 주는 거라고 생각하면—.
우직!
"꺄앗?"
……그런 생각을 하면서 여유를 찾은 순간, 이번에는 교실 반대편에서 나무가 박살 나는 소리와 카토의 비명이 들렸다.
"아, 데생용 연필이 부러졌네. 지금 바로 사다 줘, 디렉터."
"에리리……."

연필을 부러뜨릴 거면 가운데가 아니라 심 부분만 부러뜨리라고…….

※ ※ ※

그리고 그 후에도 우리의 서클 활동은 순조롭게 진행—.

“그게 뭐야? 카토 양, 도끼눈도 뜰 줄 모르는 거야?!”

“뜰 줄 모르는 게 일반적이야…….”

에리리의 분노 게이지는…… 앞으로 2단계는 더 남아 있는 것 같아 보일 만큼 쭉쭉 상승했다.

“어쩔 수 없네. 그럼 다음은 화난 표정…… 관자놀이에 분노 마크를 만드는 느낌으로 지어봐.”

“저기, 그러니까 사와무라 양…….”

“응? 그것도 안 돼? 그럼 땀 마크는? 혹시 얼굴에 세로줄도 못 만드는 거야?!”

“그건 가능성 여부를 따지는 것 자체가 말도 안 되는 것 같은데…….”

“그럼 SD 디자인을 전혀 할 수가 없잖아! 어떻게 하면 좋지…….”

“미, 미안, 해……?”

저기, 그런 게 가능한 사람은 이 세상에 존재하지 않을 거야…….

"후, 후, 후……."

"서, 선배……?"

"크…… 크크큭…… 진짜 큰일 났네. 이 애, 정말 골 때려!"

이번에는 우타하 선배가 무언가에 빙의 당했다.

"우후후후후후훗…… 푸풉, 아, 아하하하하하핫!"

책상 위에 놓인 노트북을 내려치면서 다리를 덜덜 떨어대다니…… 저 사람은 대체 누구지?

"너무해~. 이 두 사람, 대체 어떻게 커플이 되는 거야~? 진짜 말도 안 돼~."

"선배? 우타하 선배! 저, 저기, 진정해요…… 예?"

어제 "나는 너를 위해서라면 뭐든 할 수 있어."라고 말하며 미소 짓던 선배는 이곳에 존재하지 않았다.

『쏴! 쏴라, 토모야! 저건 이제 네가 아는 우타하 선배가 아니란 말이다!』 같은 소리를 동료에게 듣고도 숨통을 끊는 것을 주저할 정도로 그녀는 변모했다.

"아하, 아하하, 크, 크크크크큭…… 윽?! 유, 윤리 군!"

"아, 예?!"

그제야 내 시선을 눈치챈 선배의 표정은 또 순식간에 변모했다.

마치…… 그렇다. 무표정한 얼굴이 순식간에 분노에 찬

얼굴로 바뀌는 일본 인형을 연상케 했다.

"이쪽 쳐다보지 마! 아무것도 묻지 마! 아무 말도 하지 마!"

"정말 죄송합니닷!"

……혹시 『은혜 갚은 학[#4]』 이야기에는, 옷감을 짤 때마다 조금 전의 선배처럼 폭주해버리는 탓에 남자에게 차이고만 여자 장인이 썼다거나 하는 숨겨진 설정 같은 게 있는 건 아닐까?

그건 그렇고…….

크리에이터들은 이렇게 깊은 어둠을 내면에 품고 있구나…….

※ ※ ※

"드디어 본격적으로 시작됐네~."

"그래~."

통나무집 느낌의 카페.

학교에서 나와 그곳에 들른 나와 카토는 게임 제작이 본격적으로 시작된 것을 소소하게 축하하는 자리를 가졌다.

"그건 그렇고, 지쳤어~."

#4 은혜 갚은 학(鶴の恩返し) 한 노부부가 구해준 학이 인간 여성으로 변해 그 노부부를 찾아가 자신의 깃털로 옷감을 짜주면서 보은하는 일본 설화.

"그래~."

……첫날부터 카토가 피곤을 느낄 만큼, 오늘의 서클 활동은 우리의 체력과 정신력을 갉아먹었다.

그 사실을 증명하듯, 카토는 메뉴판을 보지도 않고 달콤한 음식을 차례차례 주문했을 뿐만 아니라 팥앙금 토핑까지 추가했다.

그 말을 들은 나는 무심코 제대로 주문한 게 맞는지 두 번이나 확인하고 말았다. 그것도 그럴 것이, 카토답지 않게 "튀는" 주문이었기 때문이다.

"나, 오늘 처음으로 진짜 사와무라 양과 만난 것 같은 느낌이 들어……."

"그래? 그거 다행이네."

나보다 10년은 덜 그 녀석에게 오염된 카토, 너는 행복한 사람이야.

"뭐랄까, 사와무라 양은 실은 "위압적인" 사람이네."

"너도 드디어 그 녀석의 흉악한 본성을 깨달았구나……."

에리리는 흉악, 우타하 선배는 사악…….

이 말만으로도 일본어의 뉘앙스가 얼마나 중요하고 어려운 것인지 알 수 있을 것이다.

"하지만 아키 군이 잘난 척하는 듯한 표정을 지으며 해설하는 건 좀 아니라고 생각해."

"하지만 그 녀석 때문에 가장 많은 피해를 본 사람은 바로 나—.”

“반대잖아.”

“반대?”

“아키 군, 혹시 사와무라 양의 인격 형성에 치명적인 영향을 끼치지 않았어?”

“……전혀, 완전히, 눈곱만큼도 그러지 않았어.”

하다못해 『중요한 영향』이라고 말해줄 수는 없었느냐는 말이 목구멍까지 치밀었지만, 그 말을 했다간 자신의 치명적인 죄를 인정하는 것일지도 모르기 때문에 지금은 전(체적으로) 부정해뒀다.

“뭐랄까, 사와무라 양의 말 곳곳에서 아키 군의 그림자가 힐끔힐끔 모습을 드러내는 것 같았어. ……그래서 놀라기는 했어도 당황하지는 않았다고나 할까, 평소와 별반 다르지 않은 자신을 유지할 수 있었다고나 할까…….”

“그러지 않았다고 말했잖아, 이 자식아. 헛소리 계속하면 작살내버린다……가 아니지. 말이 좀 심했어. 미안.”

어이쿠, 너무 심한 말을 들은 나머지 인격이 분열될 뻔했다.

마음을 진정시키기 위해, 나는 아이스커피를 단숨에 들이켰다.

커피의 부드러운 쓴맛에, 벌꿀과 시럽과 우유와 생크림의 달콤함이 절묘하게 섞여 들어가면서…… 어? 이 커피, 엄청

밸런스 나쁘잖아.

"뭐, 에리리 쪽은 머지않아 어떻게든 될 거야. ……그것보다 문제는 다른 쪽이야."

"그럼 이번에는 아키 군의 반성회를 시작하자."

"솔직히 말해…… 할 일이 너무 없어서 괴롭습니다요."

"아, 그랬구나. 미안."

솔직하게 말해 카토에게 동정받을 만큼 내가 존재감을 발휘하지 못할 거라고는 꿈에도 생각하지 못했다.

오늘 내가 한 일이라고는 에리리가 방해한 탓에 어중간하게 끝내버린 활동 전 인사, 그리고 두 사람이 후딱 돌아가버린 탓에 제대로 하지 못한 활동 후 인사뿐이었다…….

"다, 다음에 더 열심히 하면 되지 않겠어? 다른 사람들에게 방해되지 않도록 말이야."

"그, 그건 내가 아무짝에도 쓸모없는 놈이라는 소리잖아! 카토, 너 혹시 내가 부각되는 일은 두 번 다시 없을 거라고 생각하는 거야?"

"부각되는 거야?"

"디렉터로서의 활동은 이제부터 시작이라고!"

그렇다. 주저앉기에는 아직 이르다.

나는 그림에도, 문장에도 재주가 없다. 그리고 히로인 또한 될 수 없다(여장 남자 히로인 제외).

이런 내가 게임 제작 현장에서 존재감을 발휘하기 위해서는 완성된 그림이나 글을 감수하거나, 그림과 문장을 짜 맞추거나, 제작 진행 상황을 체크하는 수밖에 없다.

그러니 활동 초기라 작업이 막힌 사람도, 완성된 그림이나 글도 없는 지금 상황에서 내가 할 일이 없는 것은 어찌 보면 당연했다.

"흐음, 그렇구나. 역시 높은 사람은 대단하네. 나를 히로인의 자리에 앉힐 정도의 힘이 있나 봐?"

"아니. 그건 디렉터의 일이 아니라 프로듀서의 특권이야."

"흐음?"

"……아, 방금 그건 못 들은 걸로 해줘."

원래는 "그 어떤 업계에서도 그런 일은 없어! 그건 단순한 괴소문이라고!"라고 말할 생각이었는데…… 역시 나도 좀 지친 것 같군.

"뭐, 그것보다 이제 드디어 게임 제작이 시작됐네~."

"그래. 드디어 시작됐어."

"게임 제작이 일단락되면 놀러 가고 싶어~."

"이제 막 시작했는데 벌써 끝난 후의 일을 생각하는 거야?"

"아하하. 미안."

"뭐, 그래도 지난주에 내가 약속을 펑크 냈으니까…… 잠깐만. 로쿠텐바 몰……!"

"……으음, 아키 군이 정 싫다면 다른 곳으로 바꿀게."

"싫어한 적 없거든?! 누가 그런 말도 안 되는 헛소문을 퍼뜨린 거야?! 윈도쇼핑이든, 로맨스 영화든, 뭐든 다 오케이라고!"

"너무 무리하지 마. 나는 조○폴리스 같은 곳도 좋아해."

"너의 그 나를 내려다보는 듯한 시선, 무지 짜증 나거든?! 이렇게 된 이상 반드시 로쿠텐바 몰에 가고 말겠어! 케이크 뷔페에 가도 음료수는 하나만 시킬 거야! 그리고 빨대는 두 개!"

"으음, 그건 내가 무리일 것 같은데……."

"좋아, 이겼어!"

"어? 나, 방금 진 거야?"

이런 식으로…….

우리는 한동안 진짜 커플처럼 즐거운 대화를 나눴다.

아, 그리고…….

우리 둘 다, 오늘 본 우타하 선배에 관해서는 단 한 마디도 하지 않았다.

※ ※ ※

"……자, 이게 플롯 초벌 원고야. 아직 기본 설정과 메인 히로인 관련 스토리밖에 없지만 말이야."

"버, 벌써 다 된 거예요?!"

그리고 다음 날. 방과 후의 시청각실.

어제의 THE·언터처블, 카스미가오카 선배는 퉁퉁 부은 눈가를 손가락으로 비비면서 클립으로 고정한 종이 다발을 책상에 올려놓았다.

그 종이 다발의 표지에는 글꼴 MSP고딕, 글자 크기 24포인트로 이렇게 적혀 있었다.

『윤리 군의, 윤리 군에 의한, 윤리관으로 가득한 초(超) 건전 미소녀 게임 기획(가제)』

"……이 제목은 뭐예요?"

"건전하잖아? 이 제목이면 그 까다로운 방통○도 쓸데없는 소리 못 할 거야."

"아니, 심사는 제목만 보고 하는 게 아니거든요? 그리고 동인게임이니까 윤리○구랑 상관없다고요."

그리고 아직 플롯밖에 안 잡힌 작품에 새로운 가제를 붙여봤자 별 의미 없지 않아……?

"뭐, 아무튼 이걸로 이번 주에 내가 해야 할 작업은 다 한 거지?"

"으음…… 물론이죠."

종이 다발을 훑어보니 각 A4용지는 글자로 가득 차 있었다. 내가 골든 위크 동안에 쓴 기획서의 두 배 이상 되는 양이었다.

게다가 양만이 아니라 내용 또한 내 기획서보다 몇 배는 뛰어날 것이다.

이런 걸 겨우 하룻밤 만에…… 역시 프로 작가는 다르군…….

"그리고, 저기, 상의하고 싶은 일이 있는데……."

내가 너무 감탄한 나머지 할 말을 잊고 있을 때, 우타하 선배가 미안함 섞인 표정을 지었다.

"저기 말이야. 나, 이 서클의 활동에 참가하는 것 자체를 싫어하는 건 아냐. 하지만—."

"아……."

"그저, 이 자리에서 작업하는 것은 피하고 싶다고나 할까……."

이런 엄청난 성과를 올린 선배가 저런 표정을 짓는 게 이해가 되지 않았지만, 선배가 뒤이어 한 말을 듣고 그녀의 의도가 무엇인지 눈치챌 수 있었다.

"아, 그렇다고 지금 바로 돌아가겠다는 건 아냐. 사회에 나가면 자기가 먼저 일을 끝내 할 일이 없더라도 일부러 잔업을 하면서 일머리 없는 동료들과 근무 시간을 맞춰줘야 할 때도 있잖아. 안 그러면 상사에게 『협조성에 문제 있음.』 같은 소리를 들으면서 무능력한 동료보다도 낮은 평가를 받게 되는 썩어빠진 조직도 있는 것 같으니까 말이야."

"고등학생이 그런 야박하고 살기 힘든 사회 이야기 좀 하지 말라고요!"

……목소리에 미안해하는 기색이 섞여 있으면서도 전 방위로 날카로운 독설을 전개하는 점이 정말 우타하 선배다웠다.

"그리고 아주 사소한 부탁이 하나 있는데……. 저기, 가능하면 어제의 내 언동을 잊어줬으면 좋겠어."

그리고…… 누가 봐도 본론으로 보이는 이야기를 입에 담았다.

뭐, 서론이 무지막지하게 길기는 했지만, 이제 겨우 할 말을 다한 우타하 선배는 약간의 안도감과 불안이 섞인 눈동자로 우리를 바라보았다.

"나는 어제 일, 딱히 신경 쓰지 않아요."

"저, 정말이야? 토모야 군……?"

"예. 괴성을 지르든, 깔깔거리며 웃든, 다리를 덜덜 떨어대서 우리를 질리게 만들든, 우타하 선배는 우타하 선배잖아요."

"질려버렸잖아……. 신경 쓰고 있잖아……."

그녀의 불안해 보이는 표정이 생각했던 것보다 신선한 데다 생각했던 것보다 귀여웠기에, 나는 무심코 지뢰밭에 뛰어 들어가고 말았다.

하지만 흥미 위주의 반응을 보인 나와는 달리—.

"흥, 그런 건 크리에이터라면 누구나 지닌 습성이야."

"사와무라 양……?"

—이 상황에서 가장 선배를 놀려댈 것 같은 녀석이 웬일인지 가장 어른스러운 반응을 보였다.

"머릿속으로 뭔가를 만들기 위해서는 말이야, 자신을 세간으로부터 격리시킨 채 말도 안 되는 망상에 빠져 자신의 마음을 계속 소모해야만 해. 그러다 머릿속 망상이 입을 통해 밖으로 흘러나와도 딱히 이상할 것 없어."

"마, 맞아. 나는 창작자잖아. 신이란 말이야. 거만해지는 것도, 세상이 내 뜻대로 안 굴러갈 때 짜증이 나는 것도 당연한 일이야."

"서, 선배……?"

에리리의 엄호 사격에 공감한 우타하 선배는『몰랐어? 나는 전지전능한 신이야.』틱한 소리를 했다.

"그러니까 지배할 거야. 세계를 정복할 거야. 그림쟁이는 색깔로, 글쟁이는 말로. 왜냐하면 우리가 지닌 무기는 그것뿐이니까."

느닷없이, 신이 두 명으로 늘어났다……?

뭐랄까, 은폐 능력이 완전 끝내주는 중2병 환자들이잖아. 크리에이터라는 인간들은 하나같이 다 이런 거야?

"맞는 말이야. 어쩌면 그것은 세계의 상식과는 다를지도 몰라. 하지만 이야기를 만들 때만은 그렇게 느껴지지 않아. 내가 아니라 세계가 이상하다고 느껴져."

"맞아…… 맞아! 그런데 이 세상에는 크리에이터들이 이렇게 고생해서 만든 작품을 폄하하면서 잘난 척해대는 인간들이 정말 많아……!"

게다가 중증 피해망상증에도 걸린 것 같은데?!

"정말 그런 저능한 작자들의 뇌를…… 전부 으깨버리고 싶어."

"나, 머릿속으로 그런 녀석들을 작살내는 방법을 몇 패턴 정도 알아."

"사와무라 양. 당신은 물리적 말살과 사회적 말살 중 어느 쪽이 취향이야?"

"뭐, 일단 사회적 말살이 메인이지만…… 궁지에 몰아넣는 수단은 몇 패턴 정도 생각해뒀어."

"인터넷을 지배하는 힘은 어느 정도 수준?"

"내 머릿속 슈퍼 해커는 꽤 고성능이야. 스펙을 말해줄까?"

"그만해! 두 사람 다 이제 그만하라고!"

너희 둘은 왜 이런 정신 줄 놓은 듯한 이야기를 할 때만 죽이 이렇게 잘 맞는 거야.

이것이 크리에이터 뇌라는 걸까……. 나는 따라갈 엄두도 나지 않는 세계다.

아, 그리고 카토는 오늘 이 자리에서 단 한 마디도 하지 않았지만, 내 옆에서 강아지처럼 오들오들 떨고 있다는 것만큼은 밝혀두겠다.

……존재감이 없기는 해도 서클 활동에는 항상 참가하고 있다고.

※ ※ ※

그리고 오늘도 윤리관에 의거한 건전한 창작 활동이 시작—.

"꽝이야, 꽝! 그게 아니란 말이야! 일단 휴식!"

"예~."

"저기, 카토 양. 이 상황에서 그렇게 밝은 목소리로 대답하지 마……."

"미안 사와무라 양……. 아, 맞다. 롤케이크 가지고 왔는데 같이 안 먹을래? 편의점에서 파는 값싼 거지만 말이야."

"남의 말을 좀 진지하게…… 뭐, 잘 먹을게."

"커피도 가져왔어. 블랙인데 괜찮아?"

"아~. 우유를 조금 넣었으면 좋겠어."

—되고 30분이 채 지나기도 전에 벽에 부딪히고 만 것 같았다.

"저기, 사와무라 양."

"응?"

"나, 그렇게 캐릭터성이 약해?"

"응. 약해."

"어디가? 얼마나?"

"전체적으로. 게다가 전부 어중간해."

"그 말은 내가 무표정하다는 거야?"

"무표정하다면 감정이 없는 캐릭터로 가면 돼. 당신은 표정이 고정되어 있지 않기 때문에 아야○미 계열로 밀어붙일 수도 없어. 정말, 이렇게 쓸 데가 없는 캐릭터는 처음 봐."

"으음~ 도움이 못 되어서 미안해."

"……화 안 났나 보네."

"어? 혹시 방금 내가 감정 표현을 하게 하려고 일부러 도발한 거였어? 역시 사와무라 양. 많은 방법을 아나 보네~."

"카토 양에게는 통하지 않았지만 말이야."

두 사람의 걸즈 토크……와는 거리가 먼 캐릭터 담화가 교실 반대편에서 희미하게 들려왔다.

대화 내용 자체는 제쳐두더라도, 저 두 사람은 꽤 사이가 좋아진 것 같았다.

그것이 전혀 진척이 없는 캐릭터 디자인팀이 거둔 유일한 실적이라고 해도 과언이 아닐 것이다.

※ ※ ※

그리고 순조롭게 작업이 진행 중인 시나리오 작성 팀의―.

“쿠울…………”

―팀 리더는 복도 쪽 가장 뒷자리의 책상에 엎드린 채 수면을 취하고 있었다.

저 두 사람의 말다툼…… 아니, 한쪽의 일방적인 질타성 멘트가 들려오는 와중에도 잘도 자는군.

뭐, 어젯밤에 밤샘을 한 것 같으니 어쩔 수 없나.

“으, 으음……”

그리고 보니 작년에도 이런 광경을 꽤 봤었지…….

『선배.』

『……쿨, 쿠울…….』

『선배, 우타하 선배.』

『……으응~?』

『슬슬 일어나요.』

『……무슨 일이야? 토모야 군.』

『그게, 폐점 시간이래요.』

『……지금 몇 시야?』

『오후 열 시.』

『그래? 더 이야기하고 싶은데…… 좋아. 패밀리 레스토랑으로 가자.』

『조금 전까지 잠이나 자댄 사람이 할 말은 아닌 것 같은데요?』

의견 교환회니, 팬과의 만남이니, 반성회니 같은 적당한 이유를 대면서 만날 약속을 잡아놓고, 잠만 콜콜 자는 선배를 한두 번 본 것이 아니었다.

그래. 그때도 전날, 어쩌면 며칠 동안 밤을 새워가면서 작업했던 걸지도 모른다…….

"으, 으응……."

하지만 나는 그때 전혀 심심하지 않았다.

왜냐하면 그때, 내 곁에는『사랑에 빠진 메트로놈』이 있었으니까.

게다가 도중에 잠에서 깬 선배는 구상 중인 앞으로의 스토리를 이야기해줬었지.

그 시절, 그 작품의 열광적인 팬이었던 나는, 약 세 시간 동안 내내 졸다 때때로 깬 선배가 얼추 3분 동안 말해준 다음 권 줄거리와 신 캐릭터 정보만으로도 배가 터질 지경이었으니까.

"쿠울……."

하지만 언제부터일까…….

아니, 알고 있다. 『사랑에 빠진 메트로놈』이 완결을 향해 달려가기 시작했을 때부터다.

우리는 단둘이서 만나는 것을 점점 피하기 시작했다.

그것은 선배가 작품을 완결 내느라 바빴기 때문일까, 그렇지 않으면—.

※ ※ ※

“하아. 일전에는 꽤 괜찮은 느낌이었는데 말이야, 카토 양.”

“일전이라면…… 골든 위크 때의 체험판 말이야?”

“응. 그때 내가 봤던 표정이 풍부하고 매력적인 카토 메구미라는 여자아이는 대체 어디 간 거야……?”

“그, 그렇게 칭찬 들을 정도는…… 아니었던 것 같은데.”

“지금의 당신을 혹평하기 위해서 한 말이니까 부끄러워할 필요 없어.”

“으음~ 하지만 나는 딱히 달라진 데가…… 아, 굳이 말하자면 하나 있어.”

“그게 뭐야?”

“역시…… 그 대본이 좋았던 걸지도 모르겠어.”

“대본……?”

“그 대본, 아무것도 모르는 내가 보기에도 정말 엄청났어. 뭐랄까, 수많은 내가 응축되어 있는 것 같았거든. 그리고 각양각색의 감정을 지니게 해주는 대사도 많았어."

"그 말은—."

"대본 대로 연기했을 뿐인데 자연스럽게 미소 지을 수 있었고, 즐거워졌고, 어느새 슬퍼졌고, 화도 났고—."

"그게 뭐야. 결국 저 여자…… 어, 잠깐, 토모야?!"

※ ※ ※

"어……?"

아, 마침 '바빴기 때문일까, 그렇지 않으면—.'이라고 마음 속으로 중얼거린 순간, 에리리의 날카로운 목소리가 나를 현실로 끌고 왔다.

"뭐 하는 거야! 잠든 여자애를 멋대로 만지려고 하다니, 제정신이야?!"

"뭐? 너 대체 무슨…… 아앗?!"

나는 말도 안 되는 소리를 하는 에리리에게 반박하기 위해 내 몸을 다시 쳐다보았다. 그리고 내 오른손이 에리리가 방금 말한 것처럼 당치도 않은 짓을 저지르려 하고 있다는 사실을 눈치챘다.

그렇다. 내 손은 곧 선배의 머리에 닿으려—.

"오, 오해야!"

"뭐가 오해라는 거야, 이 변태야!"

"머, 머리카락! 나는 그저 우타하 선배의 블랙 롱헤어를……!"

"최고의 모에 포인트를 노리고 있잖아! 방금 그 발언 때문에 네 죄가 가중됐어, 이 변태 자식아!"

"어, 성희롱 범죄의 경중은 그런 관점에서 정해지는 거구나……."

"카토! 너는 쓸모없는 지식 흡수하지 마!"

"으, 응~?"

무시무시하군…….

이것이 회상 신에 의한 추억 보정이라는 건가…….

■동인 게임 기획서(제1판)

■캐릭터(메인 두 명만. 히로인은 두세 명 정도 더 추가될 예정)

·주인공(현세): 아즈미 세이지(16세)

전학생. 부모님의 전근으로 이사 오게 됨. 잘난척쟁이.

·주인공(전생): 히노에 소마(18세)

세이지의 전생(증조부). 책임감이 강하고 진지한 성격.

·메인 히로인(현세): 카노 메구리(16세)

고등학교 2학년. 약간 어벙하며 눈에 띄지 않는 편이지만, 자세히 보면 미소녀.

·메인 히로인(전생): 히노에 루리(12세)

메구리의 전생(증조모). 소마의 친동생. 병약하며 살갗이 힘. 오라버니인 소마를 진심으로 사랑함.

■대략적인 스토리

·부모님의 전근으로 한 지방 도시에 이사 온 주인공, 세이지.

·벚나무가 심어진 집 근처의 언덕에서 길을 잃었을 때, 이 도시에 사는 한 소녀와 마주침.

·그가 전학한 학교의 교실에서 그 소녀와 재회함. 그녀의 이름은 카노 메구리였다.

·어느 날, 같이 하교하게 된 세이지와 메구리. 두 사람은 예의 벚나무 언덕을 지난다.

두 사람이 만났을 적의 이야기를 하는 세이지. 하지만 메구리는 그것을『재회』라고 말한다.

헤어질 때, 메구리는 낮은 목소리로 중얼거렸다. "안녕히 주무세요, 오라버니."

·그 후로 몇 주가 흘렀을 즈음. 서로의 마음을 확인한 두 사람은 연인 사이가 된다.

·하지만 그와 동시에 메구리는 점점 이상해지기 시작했다.

세이지를 향한 과도할 정도의 집착, 때때로 드러내는 무의식적인 공포심, 태어나기 전 시대의 기억.

마치 그녀 외의 누군가가 그녀 안에 있는 것처럼…….

·그리고 기억이 역행함에 따라, 과거의 연심과 일족과 관련된 사건을 떠올리는 메구리.

일족을 멸한 흑막이 존재하며, 그자는 여전히 이 마을에 있다는 점.

자신은 그 사실이 외부에 알려지지 않도록 하기 위해 이 마을에 속박되어 있다는 사실.

그녀가 그런 과거의 일들을 떠올릴수록, 두 사람의 주위에서 불가사의한 일이 발생하기 시작한다.

·몇 번이나 생명을 잃을 위기에 처한 두 사람은 서로를 지키기 위해 적과 싸우기로 결의.

루리의 기억을 되살려내, 사건의 진상에 다가가는 메구리.

그리고 소마의 과거 행동에 간섭해, 과거의 기억을 새롭게 『창출』하려 하는 세이지.

·싸움이 끝난 후, 세이지와 메구리는, 아니, 소마와 루리는 70년이라는 세월을 넘어 드디어 맺어진다.

『이제부터는 항상 함께 있을 수 있는 거지? 오빠.』

“이거…… 과감하게 어레인지 했네.”

서클 활동 종료 직전인 해 질 녘.

플롯을 다 읽은 에리리는 그렇게 말하면서 감탄한 걸로

도, 어이없어하는 걸로도 보이는 한숨을 내쉬었다.

"어레인지라기보다, 거의 오리지널이잖아."

"응. 기획서에 카토 양을 메인 히로인으로 삼는다는 것 외의 다른 정보가 없었기 때문에 어쩔 수 없었어."

"죄송합니다요. 잘못했습니다요. 용서해주시옵소서."

그런 빈껍데기 기획서를, 라이트노벨 작가 카스미 우타코 선생님, 즉, 토요가사키 학원 3학년 C반 카스미가오카 우타하 선배는 이런 멋들어진 중2병 테이스트로 채워줬다.

"나, 카스미 우타코는 끈적끈적한 연애물만 쓸 줄 안다고 생각했어."

"아직 한 작품밖에 발표하지 않은 작가에게 그런 고정된 이미지를 가지는 것은 좀 그렇지 않을까? 카시와기 에리 선생님."

"잠깐만. 에리리, 너도 혹시 『사랑에 빠진 메트로놈』을 읽은 거야?"

"뭐? 안 읽었거든?! 이미지 가지고 대충 말해본 것뿐이야!"

"방금 그 말은 유저로서도, 크리에이터로서도 최악의 발언이라고……."

에리리가 방금 한 말은 여러모로 문제가 많았지만, 실은 나도 그녀와 똑같은 생각을 했다는 것은 죽을 때까지 안고 갈 비밀이다.

확실히 이건, 지금까지의 카스미 우타코 컬러만 접한 사람이라면 상상도 못 할 노선이군…….

"카토는 어떻게 생각해? 의견 있어?"

"으음…… 설정이 좀 강렬한 것 같아."

"……그건 그래."

언제 어느 때나 '아아, 괜히 물었어…….'라고 생각하게 되는 카토의 리액션은 의외로 희소가치가 있을지도 모른다는 생각이 들었다.

"상업 쪽에서 이런 초(超) 전개를 했다간 두들겨 맞기 십상이지만 동인에서라면 좋은 의미에서 화제성을 부를 수 있다고 생각해. 그래서 좀 노리고 그런 느낌으로 써봤어."

"아, 확실히 그런 경향이 있기는 해요."

패키지만 보면 청춘 모에 학원물 같은데, 실제로 뚜껑을 열고 보니 배틀물이나 호러물, 혹은 능욕물……은 전연령 작품이 아니니까 일단 제쳐두고…….

뭐, 아무튼 스토리가 진행됨에 따라 원래 장르에서 괴리되어가는 흐름은 옛날이라면 몰라도 최근의 상업 쪽에서는 절대 해서는 안 되는 금기다.

『○○땅, 하악하악~.』 하면서 방금까지 모에함의 극치를 보여줬던 히로인이 갑자기 참살당했을 때 오타쿠들이 느끼는 분노를 얕봐서는 안 된다. 참고로 나는 옛날에 이런 일을 겪고 살의에 가까운 분노를 느꼈다.

하지만 가격 자체가 그렇게 비싸지 않을 뿐만 아니라, 처음부터 『제작자의 취향』을 인정해주는 동인에서는 이 방식이 금기가 아니다. 뭐, 적당히 모자이크를 넣기는 해야겠지만 말이다. 특히 대형 베개 커버나 코스프레 CD 사진집 같은 것은 모자이크 처리를 철저하게 해야 한다.

그리고 한 시대를 대표한 명작에는 빠짐없이 그런 초 전개틱한 서프라이즈 요소가 있다. 거짓말? 아니, 진짜다.

"윤리 군은 어떻게 생각해?"

"으, 으음…… 꽤, 꽤 괜찮은 것 같아요."

확실히 이런 줄거리라면 잘만 만들면 상당한 작품이 될 것 같았다.

설정이나 전개가 강렬한 탓에 시나리오와 텍스트에 상당한 스킬이 필요할 것이다. 하지만, 시나리오 담당자가 내가 광적으로 좋아하는 현역 라이트노벨 작가라는 시점에서 이 작품이 나에게 있어 신급 걸작이 되는 것은 이미 확정된 일이나 다름없다.

게다가…….

"메인 히로인이 전생에 여동생이었을 뿐만 아니라 얀데레[#5]라니, 정말 약았네……."

그렇다. 에리리가 지적했듯 정말 약았다.

여자 클래스메이트에게 『오빠』라고 불리고, 그 클래스메이

#5 얀데레(ヤンデレ) 한 사람에게 병적으로 집착하는 성격, 혹은 그러한 캐릭터.

트가 자신에게 마구 어리광을 부려댈 뿐만 아니라, (근○상○을) 갈구한다니, 진짜 가슴 뜨거워지는 전개다.

"이렇게 되면 메구리와 루리, 둘 다 카토 양이 담당하는 거야?"

"그럴 생각으로 썼어."

"아, 나 혼자서 클래스메이트, 증조할머니, 그리고 병약한 여동생까지 해야 하는 거야?"

그렇다. 게다가 여동생 이외에도 여러 캐릭터성을 부여해 배역의 폭을 넓히다니…….

"카토…… 연습 삼아 나를 『오빠』라고 불러봐. 아, 『오라버니』라도 괜찮아."

"뭐, 그게 무슨—."

"빨리! 나를 올려다보면서, 달짝지근한 목소리로, 한숨을 살짝 섞으면서!"

"하, 하지만 나는 언니밖에 없어서 그런 호칭에 익숙하지 않아."

"그럼 나를 사촌 오빠인 케이이치 씨라고 생각해! 아아, 역시 그건 안 되겠어!"

"아키 군, 케이이치 군에게 연연하는 건 이제 그만하는 게 어떨까?"

게다가 『카토 메구미라는 소녀가 지닌 각양각색의 매력을 이끌어내고 싶다.』는 내 당초 콘셉트와도 딱 맞았다.

자신의 색깔을 표현하면서도, 클라이언트의 요구에도 부응한다…….

역시 우타하 선배. 프로로서의 역량이 잘 드러난, 그야말로 빈틈없는 결과물이다.

하지만…….

"그럼 이 플롯으로 진행하면 되는 거지?"

"……."

"윤리 군?"

조금 전까지 이 플롯에 근거해 망상의 나래를 펼쳤던 나는…….

"……미안하지만 결론을 좀 미뤘으면 좋겠어요."

어찌 된 영문인지 이대로 「GO」를 해도 좋을지 판단이 서지 않았다.

"왜?"

"아니, 정말 좋고, 멋지고, 완벽한 플롯이에요. 하지만……."

"하지만, 뭐?"

"아니, 으음……."

눈에 띄는 문제점은 없다.

카토의 여동생 캐릭터라든가, 얀데레라든가, 살해당하는 연기 등, 개인적으로는 보고 싶은 부분이 잔뜩 있었다.

게다가 카스미 우타코의 전기[#6] 작품이라면, 수만 명의 팬들이 군침을 삼키면서 보고 싶어 할 것이다.

하지만, 뭔가가…….

전기니, 환생이니, 타임 리프(Time leap) 같은 뻔히 보이는 낚싯바늘이 아니라, 근본적인 무언가가…….

뭔가가 걸리는데…….

"……그럼 일단 보류해둘게."

"미안해요."

나의 시원찮은 반응을 본 우타하 선배는 가볍게 한숨을 내쉬면서 자리에서 일어났다.

그녀의 얼굴에는 밤샘의 여파로 보이는 피로와 졸음, 그리고 아주 약간의 낙담이 어려 있었다.

"뭔가 고칠 부분이 있다면 이번 주 안에 말해줘. 토요일까지는 이 일을 끝내고 싶어."

"정말 미안해요, 선배……."

"괜찮아. 그럼 먼저 갈게."

선배는 상냥한 말을 건네면서도 내 얼굴을 쳐다보지 않았다. 그리고 그대로 교실에서 나갔다.

교실 안에는 남은 세 사람과, 빛바래 버린 분위기만이 남아 있었다.

하지만 이런 분위기가 되는 것도 무리는 아니었다.

#6 전기(傳奇) 공상 및 환상 이야기를 가리키는 말로, 실존하는 전설 및 전승에 나오는 '가상의 존재'를 다루는 이야기를 일컫기도 한다. 구체적으로는 요괴, 악마, 괴물 등과 인간이 얽혀 전개되는 이야기를 말한다.

좋은 쪽으로든 나쁜 쪽으로든 언제나 속단 속결을 해왔던 내가 이런 주저를 했다는 사실에 나 자신조차 실망했다.

어쩌면 이것이 프로듀서가 느끼는 중압감이라는 걸까?

커다란 기획을 진행시키기 위해서는 더욱 강한 정신력이 필요한 걸까?

그렇다. 마치 자신이 마음에 들어 하는 애를 독단으로 히로인 자리에 앉혀놓고도 아무렇지도 않아 할 만큼…….

“토모야. 너 왜 이 상황에서 그렇게 히죽거리는 거야?”

“아, 그게…….”

그, 그런 일 없거든?

어느 업계에도 그런 말도 안 되는 짓을 하는 사람은, 없지……?

※ ※ ※

그리고…….

“대체 언제까지 기다리게 할 거야……?”

“……죄송해요.”

금요일. 평소와 다름없는 시청각실. 평소와 다름없는 서클 활동.

날이 갈수록 차가워져 가는 우타하 선배의 목소리와 텐션이 나를 사정없이 괴롭혔다.

하지만 지금 상황에서 일방적으로 옳은 사람은 바로 선배였다.

"좀 적당히 해, 토모야. 그리고 너한테 퇴짜를 놓을 자격이 있다고 생각해?"

그렇다. 선배의 천적이나 다름없는 에리리조차도 전면적으로 내가 잘못했다고 생각할 만큼 말이다.

사흘 전에 완성된 플롯을, 결국 사흘 동안 그대로 묵히고 말았다.

게다가 그런 짓을 가장 해서는 안 되는…….

이 자리에 있는 이들 중 가장 마감에 민감해야 하는 나에 의해서 말이다.

"할 줄 아는 건 하나도 없으면서 남들 발목만 잡아대서 크리에이터들의 의욕이 바닥을 치게 만드네. 너는 전형적인 『백해무익』한 디렉터야."

담당하는 분야가 다를 뿐만 아니라 평소 우타하 선배와 사이가 나쁜 에리리조차도 지금은 선배 편…… 아니, 적의 적이었다.

"너, 그냥 고집 부리는 거 아냐?"

"고집……?"

"일단 폼 잡으려고 퇴짜를 놓기는 했지만 문제가 될 만한 부분을 찾지 못해 어영부영하고 있는 거지?"

그래서 에리리는 침묵을 지키는 우타하 선배를 대신해 나를 설득하려 했다.

이 녀석의 말투나 태도만 봐서는 절대 그래 보이지 않지만, 이 녀석과 오랫동안 알고 지냈던 나는 알 수 있었다.

"이 정도 했으면 됐잖아. 일단 이 플롯에 따라 작업을 진행하다 문제점이 발견되면 미세 수정을 해나가는 방식으로 가자. 응?"

지금 이 상황을 가능한 한 원만하게 해결하기 위해 최선을 다하고 있는 이는 분명 에리리일 것이다.

하지만…….

"미안하지만 그럴 수는 없어."

"토모야?!"

"……."

분노와 어이없음이 반씩 섞인 표정을 짓는 에리리.

그리고 얼굴에서 표정이 더욱 사라진 우타하 선배.

하지만 선배의 표정은 카토의 멍한 표정과는 달랐다. 차분하면서도 깊고 거대한 분노가 점점 침전되고 있는 것이 손에 잡힐 듯이 느껴졌다.

"아마 이 플롯은 내가 생각한 것과 약간 어긋나 있어. 지금 궤도 수정을 하지 않은 채 작업을 진행하면 나중에 큰일 날 거야."

그래도 지금의 나는 에리리가 말하는 『고집』을 계속 부릴 수밖에 없다.

왜냐하면 나 또한 사흘 동안 이 사태를 그저 방치하기만 했던 것이 아니기 때문이다.

나는 이 몇 장밖에 안 되는 플롯을 수백 번도 넘게 읽었다.

짚이는 점과 의문점을 표기하다 보니, 종이가 붉은색 물감으로 칠한 것처럼 새빨개졌다.

그러고도 혼자서 답을 찾지 못한 부분은 우타하 선배에게 몇 번이나 물었다.

그렇게까지 한 후에 나는 이 말을 하는 것이다.

“내가 말하는 ‘어긋난 부분’이 뭔지 구체적으로 말하지 못하는 건 내 능력이 부족해서지만…….”

내 능력이 부족한 것은 틀림없다.

마감 기한을 지키지 못한 점에 대해서는 꾸중당해 마땅하다.

하지만…….

“이대로 작업을 진행했다간…… 나는 즐겁지 않을 거야.”

나의 이 느낌만큼은 틀림없다.

처음 이 플롯을 봤을 때 느꼈던 『어렴풋한』 망설임과는 다르다.

나는 현재 확신을 가지고 있었다.

이대로 가면 안 된다는 확신 말이다.

이대로 가서는 내가 추구하는 게임이 아니게 된다.

그 마음만이 점점 강해져가고 있었다.

하지만 이 느낌을 말로 표현할 수가 없어서…….

"그럼 혼자 만들면 되겠네!"

"에리리, 그건……."

"방금 그건 해서는 안 되는 말이야, 사와무라 양."

"뭐……?!"

그리고 내가 가장 두려워하던 방향으로 이야기가 흘러가려 한 순간—.

의외의 흐름이 이야기가 그 방향으로 흘러가는 것을 막아줬다.

"디렉터가 크리에이터에게 해서는 안 될 일이 있는 것처럼, 크리에이터가 디렉터에게 해서는 안 될 말이 있어. 방금 당신이 한 말이 바로 그거야."

이 상황에서 그 말을 하더라도 가장 이상하지 않을 인물이 말이다.

"카스미가오카 우타하……! 다, 당신…… 내가, 누구를 위해서……!"

"적어도 방금 그 말은 나를 위한 게 아냐."

"큭……!"

하지만 그 말은 나를 돕기 위해서 한 말이 아니다.

아마 그녀의 긍지, 혹은 양보할 수 없는 부분을 에리리가 건드리고 만 것이리라.

"나 그만 가볼게……."

"아……."

그 사실을 증명하듯, 나를 대하는 그녀의 태도에는 변함이 없었다.

시선도, 말투도.

그리고 차갑기 그지없는 표정조차도.

"또구나, 윤리 군……."

"어……."

하지만 마지막 순간—.

"또, 결론을 내지 않는구나……."

—아주 약간, 표정을 미묘하게 일그러뜨렸다.

"……."

"아키 군."

"……아, 카토구나."

"저기, 좀 전부터 여기에는 나랑 아키 군밖에 없었어."

"아, 그랬지……."

두 사람이 돌아간 후로 벌써 한 시간 이상 지났다.

그리고 선배의 플롯을 펼친 내가 혼잣말을 중얼거리면서 고뇌에 잠긴 동안, 카토는 핸드폰을 꺼내 소셜 게임을 하고 있었다.

……카토가 저 게임에 돈을 얼마나 쏟아붓는지 조금 궁금했지만, 지금은 그런 걸 신경 쓸 때가 아니다.

"이제 그만 하교하자. 정문 닫을 시간도 다 되었잖아."

"응……."

그러고 보니 평소 하교할 때보다 밖이 더 어두워져 있었다.

"더 생각에 잠기고 싶다면 카페에라도 가서 하는 건 어때?"

"응……."

그래도 카토는 이전처럼 빨리 하교하자고 재촉하지도, 혼자서 멋대로 돌아가 버리지도 않았다. 왠지 예전보다 더 나를 배려해주는 것 같았다.

뭐, 조금 전 일을 봤으니 그러는 것도 무리는 아닐지도 모른다.

"저기, 아키 군."

"응……."

그리고 나는…….

현재, 서클 붕괴의 위기에 직면한 나는…….

"카스미가오카 선배 말인데……."

"저기, 카토……."

"응?"

나를 배려해주는 카토를 보고 용기를 얻은 나는 결의를 다졌다.

내 이 고뇌를 풀 열쇠는, 그곳에만 있을 것 같은 느낌이 들었기 때문이다.

“내일, 데이트하지 않을래?”

덜컹.

“……뭐?”

바로, 내가 히로인의 자리에 앉힌 이 소녀 안에 말이다…….

“우리, 데이트하자.”

“…………뭐?”

뜬금없어 보일 수도 있는 내 제안을 들은 카토는 평소 그녀의 트레이드마크인 멍한 표정과 비슷하면서도 아주 약간 다른 표정을 지었다.

뭐, 평소와 다른 그 표정이 어떤 의미를 지녔는지는 일단 제쳐두도록 하겠다.

“…….”

“…….”

서서히 어둠에 뒤덮여 가는 교실.

왠지 평소와는 약간 다른 분위기 속에서 서로를 응시하는 두 사람.

그리고, 복도 쪽에서 이상한 소리가 들린 것 같은 느낌이 들었지만, 지금은 신경 쓰지 않기로 했다.

제5장

라스트 직전을 쓸 때는 주인공을 들었다 떨어뜨리는 게 기본이야

그리고 토요일.

7월 초, 장마가 끝나 본격적으로 더워지려 하는 느낌이 물씬 나고, 구름 한 점 없는 하늘에서는 30도 정도는 가볍게 넘을 정도로 뜨거운 햇살이 쏟아지고 있는 아침.

……잘 생각해보니, 장마 기간 동안에 있었던 일은 거의 이야기하지 않았군.

계절의 변화를 글로 표현하지 않고 지나간 점은 정말 죄송하지만 그동안에도 이런저런 일이 있었다고 생각해줬으면 한다.

"안녕, 아키 군."

"으, 응."

뭐, 이런 우울한 이야기는 일단 제쳐두자. 아무튼 카토는 집합 장소인 역 앞에 약속 시간보다 약 2분 정도 일찍 도착한다는, 여전히 화제성 부족한 등장 방식으로 나타났다.

"으음~ 날씨가 좋아서 다행이야."

"그 차림으로 돌아다녔다간 피부가 탈 것 같은데……."

"응? 아, 괜찮아. 자외선 차단제 발랐거든. 그리고 모자도 자외선을 막아주는 걸로 썼어."

"아, 이게 아니지. 그 옷, 여름 느낌이 물씬 나네. 카토에게 정말 잘 어울려."

"고마워. 하지만 "이게 아니지."라는 말 때문에 미리 생각해뒀던 말을 내뱉은 느낌이 물씬 나."

카토는 밝은색 탱크톱 위에 흰색 레이스가 달린 투명한 반소매 셔츠를 걸치고, 머리에는 약간 큰 세일러 모자를 썼다. 그리고 미니스커트 아래로 허벅지의 새하얀 살결이 유감없이 드러나 있었다.

……내 묘사가 음흉한 중년 아저씨틱하다는 사실은 좀 양해해주기를 바란다. 아무튼, 오늘도 카토는 한껏 멋을 냈다.

나 한 사람을 위해 이렇게 멋진 의상을 입고 나오다니…… 헛수고를 너무 심하게 한 것 같았다.

"자 그럼 어디 가는 표 끊으면 돼?"

"로쿠텐바 몰에 갈 거니까 당연히 타마사키지."

"정말 괜찮겠어? 나는 조○폴리스라도 괜찮거든? 아키하바라를 빙빙 돌아다니는 것도 OK야."

"나, 나를 불쌍히 여기지 않아도 된다고! 오, 오늘이야말로 중증 오타쿠치고는 꽤 나은 편인 나의 리얼충 파워를 보여주겠어!"

"나는 그저 아키 군도 즐거울 수 있는 곳이면 좋을 것 같다고 생각했을 뿐인데……. 그리고 그런 소리 하니까 더 이상해 보여."

말은 저렇게 해도 나와 『아키하바라를 빙빙 돌아다니는 것도 OK』라는 말을 한 건 후회하게 될걸? 두 시간 동안 서적과 게임, CD를 취급하는 신품 및 중고 가게를 전부 돌아보면서 각 가게의 중고 가격과 재고 및 판매 방식을 다 체크한다고. 그리고 다 돌아본 후에 아키하바라에 있는 메이드 술집 겸 카페에 가서 기억력 테스트를 할 즈음에는 같이 간 녀석들이 꿀 먹은 벙어리가 된단 말이야.

나도 딱히 혼자서 돌아보고 싶은 건 아니지만…… 왜 다른 녀석들은 중도 포기 해버리는 걸까…….

※ ※ ※

"도착했네~."

"으, 응……."

"정말 기대돼. 오늘 하루 동안 몇 군데나 돌아볼 수 있을까?"

전철과 셔틀버스를 타며 이동하길 두 시간.

내 눈앞에는 초대형 동인 이벤트가 열리는 모 국제 전시장에 버금갈 만큼 넓은 토지와 거대한 건물이 존재했다.
이곳이 지난달, 타마사키에 오픈한 로쿠텐바 몰.
중세 유럽을 이미지해서 만든 외관은 요코하마의 벽돌 창고를 연상케 했다.
남과 북, 두 개의 커다란 구역으로 나뉘어 있는 이곳에는 200개 이상의 패션, 생활 잡화, 아웃도어 용품, 음식점이 있었다. 하루 종일 있어도 질리지 않을 만큼 버라이어티한, 그야말로 쇼핑을 위한 도시다.
그리고…… 커플과 가족들로 북적이는, 리얼충을 위한 공간인 것이다.
"……윽."
"아키 군? 왜 그래?"
"아, 아냐……."
이 건물에 들어선 순간, 내 마음속에서 강렬한 위화감이 끓어올랐다.
"생각했던 것보다 사람이 많네……. 좀 더 한산해졌을 때 오는 편이 좋았을지도 모르겠어."
카토의 말대로 오픈한 지 한 달이 다 되어 가는데도 이곳에는 다른 이들과 안 부딪히게 걷는 것도 힘들 만큼 많은 사람들로 북적였다.
정확한 숫자는 모르겠지만, 이 쇼핑몰 안에는 몇만 명 이상의 사람들이 있는 것 같았다.

하지만 나를 사로잡은 이 거북한 감각은 단순히 사람이 많아서 발생한 것이 아니라—.

"카토…… 너는 괜찮아? 이런 무질서 상태를 보고도 아무렇지 않은 거야?"

"하지만 바겐세일 중인 백화점도 보통 이런 느낌이잖아."

"그, 그래?"

"응. 완전 전쟁을 방불케 해."

아니다. 이런 것은 전쟁이라 할 수 없다.

아무리 사람이 많다고 해도, 이 정도로는 「그 이벤트」와는 비교조차 되지 않았다.

사람 수만 보자면 반의반 정도밖에 되지 않으리라.

하지만 왜 이렇게 혼잡하게 느껴지는 거지……?

진짜 전쟁은, 진정한 전사들은, 더 질서정연하게 싸우는 법이잖아?

"자, 거기…… 뛰지 말고…… 천천히 이동해주세요~."

"아, 아키 군?!"

그렇다. 내가 느낀 이 위화감은 다른 손님들과 나 사이에 존재하는 갭에서 비롯된 것이 아니다.

매너 나쁜 일반 참가자들 때문에 느끼고 있는 것이다.

이게 뭐야? 내가 사랑한 코믹○켓 정신은 다 어디 가버린 거지? 당신들, 카탈로그는 제대로 읽어본 거야?

"이쪽에 줄 서지 마세요……. 줄 끝은 여기가 아니에

요……. 일단 밖으로 나가서 슬로프를 따라 쭈~욱 내려가세요~."

그리고 이 녀석들은 왜 "손님은 왕이다."라고 말하는 듯한 표정을 짓고 있는 거야? 이런 장소에서는 우리 모두가 참가자라는 마음가짐으로…… 아, 맞다. 이 사람들은 손님이지?

"아, 아키 군! 정신 차려?! 의, 의무실에 가자!"

"의무실에 갈 순 없어……. 책을 사러 가야 한단 말이야……."

나, 지금, 어디 있는 거지…… 서관? 동관? 아니면 기업부스 쪽……?

※ ※ ※

"……미안. 정말 할 말이 없어."

"으응, 나야말로 미안해."

로쿠텐바 몰에 도착하고 겨우 15분이 흘렀을 즈음.

몰에 들어가자마자 혼돈에 집어삼켜지고 만 탓에 후퇴할 수밖에 없었던 나는 푸드코트에서 아이스커피를 홀짝이며 거친 숨을 내쉬었다.

……로쿠텐바 몰, 정말 장난 아니네.

『어웨이의 세례』라고 해도 과언이 아닐 만큼 나를 환영해

주잖아.

경기를 시작하자마자 눈 깜짝할 사이에 수비가 무너져 실점을 했을 뿐만 아니라 수비수가 퇴장까지 당해 열 명이서 싸우게 된 것 같은 느낌이다.

"역시 돌아가는 편이 좋지 않을까?"

"아니, 그럴 수는 없어."

"아키 군……."

그래도…….

한심한 꼴을 보이기는 했지만, 이대로 물러설 수는 없다.

우리의 싸움은 이제 막 시작되었으니까…… 아니, 진짜로 말이야.

이 정도 일로 또 후퇴를 했다간 카토에게 너무 미안할 거라고. ……아니, 진짜로 말이야.

"미안하지만 30분 정도만 여기서 쉬자."

"나야 그래도 딱히 상관은 없지만……."

"그 후에는 너에게 도움이 되는 아키 토모야로서 존재할 것을 약속할게."

"도움이 된다, 안 된다가 문제가 아니라…… 아키 군이 즐겁지 않다면 무리해서 여기 남아 있을 필요 없어."

"아니, 아마 괜찮을 거야. ……나도 나름대로 즐길 수 있는 전투 방식을 찾았거든."

"그래?"

에리리는 말했다.

어웨이에서는 가능한 한 미소를 지으면서 무승부를 노리라고…….

그리고 나는 이렇게 반론했다.

『나는 언제 어느 때나 평소의 나인 채로 승리하고 싶다』고 말이다…….

"저기, 카토……."

"응?"

확실히 나는 오늘, 느닷없이 어웨이의 세례를 받았다.

"너, 여기 오기 전에 가보고 싶은 가게를 체크해뒀지?"

"응. 맞아."

하지만 눈 깜짝할 사이에 하프 타임을 맞이한 나는 생각했다.

홈에서와 같은 멘탈을 유지할 수 있다면…….

홈에서와 같은, 혹은 비슷한 무기만 손에 넣을 수 있다면…… 이라고 말이다.

"그럼 그 가게들을 전부 가르쳐줘."

"아, 하지만 너무 무리하지 않아도 되는데……."

"괜찮으니까 전부 가르쳐줘. 이 플로어맵에 표시해줘도 돼."

나는 들고 있던 로쿠텐바 몰의 플로어맵을 내밀었다.

푸드코트 구석에 있는 광고물 선반에서 발견한, 나의 새로운 무기다.

“하지만 나, 꽤 많은 가게를 체크했단 말이야……. 이렇게 붐빌 줄은 몰랐거든.”

“괜찮으니까 일단 전부 다 가르쳐줘.”

“아키 군?”

그쯤은 이미 예상했다.

왜냐하면 이벤트에 참가하는 사람이라면 누구나 전부 다 돌아볼 수 있을지 없을지를 떠나서, 관심이 가는 서클을 전부 체크하잖아?

아니, 지금 우리는 이벤트가 아니라 쇼핑몰에 왔고, 체크해 둔 것도 서클이 아니라 이 쇼핑몰에 있는 가게지만 말이다.

“그럼 으음…… 우선 『루루 비앙카』. 아, 여기는 비싸서 구경만 할 거니까 안 들러도 돼.”

“아니, 윈도쇼핑도 중요하잖아. ……이스트 애버뉴 2012 군.”

나는 펜으로 맵에 표시를 했다.

물론 『루루 비앙카』의 스페이스…… 즉, 장소를 말이다.

“그리고 『버닝 로스』……. 여기 괜찮은 가을 상품이 있다고 들었어.”

“7월에 가을 상품을 찾는 거야? 정말 알다가도 모를 세계네……. 아무튼 노스 스트리트 743이네.”

"그리고 『포르티시모』. ……지금 쓰는 백이 약간 낡았거든."

"거기는 노스 스트리트 622군……. 여기는 좀 전의 가게와 가까운 곳에 있으니까 연달아 가보면 되겠네."

"그리고 『트루 블루』와 『셀룰로오스』와…… 아, 『스트라스부르』도 가보고 싶어."

"좋아, 계속 말해봐!"

결국 카토는 우물쭈물하면서도 자신이 체크해뒀던 열 군데 이상의 가게를 전부 말했다.

나는 그 가게들의 이름이 암호처럼 들렸다. 솔직히 말해 어느 가게에서 어떤 상품을 팔고, 그 상품이 얼마나 좋은 것이며, 왜 카토가 가지고 싶어 하는 것인지 전혀 이해가 되지 않았다.

하지만 그것은 피장파장일 것이다.

오타쿠가 아닌 사람이 오타쿠들이 이벤트 전에 체크해둔 서클들의 명칭을 들으면 같은 생각을 하리라.

이 장르가 현재 얼마나 인기가 있는가, 그중에서도 이 작가는 이 장르에서 얼마나 중요한 역할을 담당하고 있는가, 그리고 왜 이 커플링 외의 다른 커플링을 용납할 수 없는가 등등…….

그런 나의, 알 만한 사람만 아는 발언을, 카토는 언제나 태연히 받아넘겼…… 아니, 받아줬다. ……아마도.

그렇다면 나도 그 정도쯤은 할 수 있다. 아니, 해야만 했다.

그것도 즐기면서 말이다…….

"동선은…… 그래, 이쪽부터 가면 되겠네. 그렇다면 이 길을 따라 이동하면서 서에서 동…… 아니, 남에서 북으로 가서—."

나 같은 오타쿠가 홈에서 사용하는 전법은 리얼충 입장에서 보더라도 그렇게 비상식적인 것은 아니다.

사용하기에 따라 여기서도, 그리고 어디서도 통용되는, 확립된 룰이자 수단이다.

그리고 나는 그것을 최대한 활용할 수 있을 만큼 단련이 되어 있다.

"카토…… 많이 기다렸어."

"아키 군……?"

걱정하지 마. 이 서클 맵……은 아니지만, 이 보물 지도만 있으면 나는 무적이야.

"자아, 어웨이에서도 승리를 거두러 가자…… 목표는 역전승이야!"

방금까지만 해도 쉴 새 없이 흘러나오던 식은땀은 어느새 멎었다.

※ ※ ※

"많이 기다렸지~?"

"아냐. 그것보다 마음에 드는 걸 샀어?"

"응! 위험했어~. 내 사이즈는 딱 하나만 남아 있지 뭐야~."

카토가 계산을 끝낸 후 환한 표정을 지으면서 돌아오자, 나는 그녀가 들고 있는 쇼핑백을 받아서 처음에 문구점에 들러서 조달한 특대 종이 가방에 집어넣었다.

평소 애용하는 배낭을 가지고 왔으면 더 효율적이겠지만, 그것은 어웨이에서 쓸 수 없는 장비다.

"자, 그럼 다음 가게에 가자. 원래 예정했던 시간보다 15분 정도 늦었네."

"아, 그래? 고민하는 데 시간을 너무 썼나 보네."

"괜찮아. 그게 쇼핑의 재미잖아."

"응. 하지만…… 기다리는 동안 심심하지 않았어?"

"전혀."

방금 그 말은 허세도, 카토에 대한 배려도 아니다.

나는 카토가 어느 가게에 들어가든, 구석에 있는 벽에 등을 맡긴 채 필사적으로 『말 걸지 마 아우라』를 뿜으며 그녀가 쇼핑을 끝낼 때까지 기다렸다.

그렇다고 그동안 아무것도 하지 않고 멍하니 가게 안을 둘러보거나, 혼자서 휴대용 게임을 하면서 쓸데없이 시간을 보낼 만큼 한가하지도 않았다.

오히려, 카토가 옷이나 장신구를 보면서 눈을 반짝이거나 가격표를 보고 눈알이 튀어나올 듯한 표정을 지으면서 보낸 시간만으로는 부족할 만큼 바쁘게 지냈다…….

"아무튼, 카토가 고를 수 있는 선택지는 두 개야. 다음 목적지인 『라노레플로레』에 갈 것인가, 아니면 그곳은 패스하고 다음 목적지인 『줄리 선더』에 갈 것인가."

"그렇구나……."

"참고로 말하자면 『라노레플로레』는 여기서 조금 떨어져 있는 데다 그 근처에는 카토가 체크한 가게가 하나도 없어. 우리에게 있어선 산간벽지나 다름없는 거지."

"그래?"

"그리고 『줄리 선더』는 『라노레플로레』와 거의 반대편에 있을 뿐만 아니라 그 부근에 카토가 체크해둔 가게가 세 군데나 있기 때문에 거기를 뺄 수는 없어."

"아하……."

"그러니까 카토, 네가 선택해. 어디에 갈래?"

쉴 새 없이 변하는 상황에 대응하기 위한, 최적의 작전 구상.

불가능해 보이는 작전을 성공시키기 위한 루트 검색.

아무리 생각해도 정답이 단 하나만 존재하는 상황은 벌어지지 않았다. 복수의 선택지 안에서 가능성이 큰 쪽을 선택하면서 백업 플랜을 준비할 뿐만 아니라, 현장 상황을 주시하면서 미리 준비한 작전들로 융통성 있게 대응해나가야 했다.

이렇게 머리를 써야만 하는 전투를 벌이는 탓에 여유 시간이 눈곱만큼도 없었다.

"으음…… 그럼『라노레플로레』에 가볼래."

"그쪽이냐……."

"모처럼 이 먼 곳까지 왔으니까 체크해본 곳은 다 가봐야 하지 않겠어? 그리고 시간을 좀 허비하더라도 아키 군이 서포트해줄 것 같으니까…… 저기, 안 될까?"

"아니, 가자. 나도 그 대답을 기다리고 있었어."

효율을 생각하면『줄리 선더』를 선택하는 게 옳겠지만 카토는 그러지 않았다.

……카토가 내 앞에서 억지를 부린 것이다.

거꾸로 말하자면, 그것은 그녀가 조금씩 나를 신뢰하기 시작했다는 것을 뜻했다.

"그럼 가자, 카토! 나, 걸음을 서두를 거니까 딱 붙어서 따라와."

"응!"

그리고 오늘 내가 맡은 역할은 억지를 부리는 카토를 최대한 서포트해주는 것이다.

그것이 내가…… 카토가 쇼핑 하는 동안, 점원의 "저기 남친 분? 남친 분은 어떤 게 취향이죠?"라는 말을 피하기 위해 일행이 아닌 척하고 있는 내가 할 수 있는 최소한의 속죄일 테니까…….

※ ※ ※

"카토, 그쪽이 아니야. 오른쪽으로 붙어, 오른쪽!"

"으, 응."

웨스트 스트리트에서 직진 해 센트럴 코트로 온 우리는 『라노레플로레』가 있는 사우스 애버뉴로 향했다.

가는 길 자체는 복잡하지 않았지만 복도마다 사람들로 들어차 있었기 때문에 카토는 때때로 걸음을 멈췄다.

"힘내! 조금만 더 가면 사우스 애버뉴야."

나는 그때마다 카토를 독려했다……. 그녀를 꾸짖는 게 아니니까 오해하지 말라고.

그리고 카토가 걸음을 멈출 때마다 초 단위로 도착 시간은 늦어져 갔다. 결국 당초의 도착 예정 시간보다 몇 분은 늦게 도착하고 말았다.

하지만 나는 그때마다 나 자신을 향해 이렇게 말했다.

"기다려. 당황하지 마라. 이건 로쿠텐바 몰의 함정이다." 라고 말이다…….

엄청난 인파이기는 하지만, 몸싸움을 벌이면서 앞으로 나아가야 할 정도는 아니다.

그저, 오픈하고 얼마 지나지 않은 쇼핑몰이라 사람들이

이곳의 시설에 익숙하지 않은 것 같았다. 그 증거로, 왼편으로 걸어야 할지 오른편으로 걸어야 할지조차 모르는 손님들이 우왕좌왕하면서 더욱 무질서한 상황을 자아냈다.

그렇기 때문에 이 상황에서 전진하기 위해서는 앞으로 나아가는 스피드보다 좌우로 세밀하게 움직이는 풋워크 쪽이 중요하다. 하지만 이렇게 사람들로 붐비는 곳에서 기민하게 움직이는 데 익숙하지 않은 카토는 속도 면에서 일반 손님들과 별반 차이가 없었다.

이대로 가다간 큰일 날지도 모른다…….

그것도 그럴 것이 이 스트리트의 끝에는 사우스 코트에 도착하기 위해서 반드시 거쳐야만 하는 난관, 에스컬레이터가 존재하는 것이다.

아마 그곳에서는 시간을 벌지 못할 것이다. 지금 소비한 시간을 만회하는 것은 불가능하리라.

왜냐하면—.

"우와. 갑자기 사람이 늘어났네."

"그래……."

내가 예상한 대로, 에스컬레이터 앞의 홀은 멀리서 봐도 알 수 있을 만큼 극도로 혼잡해서 사람들이 좀처럼 앞으로 나아가지 못했다.

안 그래도 사람들의 왕래가 잦은 통로인데, 그 통로에 몰린 대부분의 이들이 좁은 에스컬레이터에 쇄도하는 탓에 길이 거의 완벽하게 막히고 말았다.

게다가 여기는 숙련된 스태프가 있는 이벤트 행사장이 아니라, 오픈한 지 얼마 안 된 쇼핑몰이다.

아무리 혼잡하더라도, 홀에 지그재그로 로프를 설치해 통로를 만든다든가, "에스컬레이터에서는 걷지 마세요~. 앞 사람과 너무 밀착해서 타지 마세요~!"라고 외치면서 통제하는 형님이나 누님도 없었다.

하지만 그렇다고 해서 룰을 무시하고 새치기를 한다거나 사람들이 왼쪽으로 붙어서 에스컬레이터에 탄 덕분에 발생한 빈 공간으로 올라갈 수도 없다.

그것이 내 홈에서의 철칙이다.

"아키 군, 어떻게 할 거야? 건물 밖으로 나가서 돌아갈까?"

"아니, 그랬다간 더 많은 시간을 소모할 거야. 아무리 혼잡하다고 해도 여기가 최단 루트일 거야."

"그렇구나……. 여기를 빠져나가는 데만 10분은 걸릴 것 같네."

"……그렇게 시간을 허비할 수는 없어."

그러면 어떻게 하지……?

그렇다. 에스컬레이터 앞의 이 긴 직선에서 시간을 벌 수밖에 없다.

하지만 달리지 않고, 그리고 다른 사람들과 부딪칠 만큼 속도를 올리지 않고…….

주위를 살피고, 본성을 드러내지 않고, 내가 지닌 스킬을 최대한 발휘하면서…….

그렇다. 어웨이에 녹아들어가면서, 내 색깔을 드러내는 것이다.

가는 거다, 아키 토모야……. 선택받은 철야 금지의 이벤트 전사여.

"카토!"

"응?"

"손을…… 내밀어!"

"아……."

나는 용기를 쥐어짜내 카토의 손을 막무가내로 잡은 후, 속도를 높였다.

최후에, 승리하기 위해서…….

"놓지 마! 카토!"

"아키 군……."

오른손에는 종이 가방 두 개를 포개고 손잡이 부분까지 보강해서 만든 가방이…….

그리고 왼손에는…… 카토의 부드럽고 따뜻한 오른손이 쥐어져 있었다.

"우오오오오오오오오오오오오오오오오~~~~!"

그리고 그때 내 머릿속에서는 『날개를 주세요』 하야시바라 버전이 울려 퍼지고 있었다…….

※ ※ ※

"다녀왔어~."

"그래. 어땠어?"

"으음~ 역시 여기는 나랑 사는 세계가 달랐어. 가격표에 0이 하나씩 더 붙은 것 같지 뭐야."

"그 마음, 이해해. 구구절절하게 이해한다고……."

카토가 쓴웃음을 지으면서 나온 가게는 일전에 에리리가 그녀에게 준 리본을 취급하는 영국 브랜드의 가게였다.

일단 한 번도 가본 적이 없다기에 안내해주기는 했지만 『가지 말 걸 그랬다는 생각만 들 텐데?』라는 내 충고대로 된 것 같았다.

뭐, 아무튼…….

"그럼 이걸로 얼추 다 돌아봤군."

"아, 응."

방문했던 가게마다 전부 빨간색으로 칠하다 보니, 플로어 맵이 새빨간 색으로 변색되었다.

이렇게 광활하고 수많은 사람들이 오가는 쇼핑몰을 종횡무진으로 걸어 다니면서 스무 군데가량 되는 가게들을 돌아봤는데도, 시곗바늘은 두 시 언저리를 가리키고 있었다.

"배고픈걸~."

"응."

뭐, 늦은 이탈리안 런치와 케이크 뷔페라는 시련이 남아 있기는 하지만, 일단 이걸로 큰 산 하나는 넘었다.

그것도 거의 당초 예정했던 시간에 말이다.

초반에 30분 정도 뒤처졌던 걸 생각하면 상당한 성과라고 할 수 있지 않을까.

"자, 그럼 센트럴 코트로 돌아갈까?"

"아, 맞다. 잠시만 기다려줘, 아키 군."

"응?"

"저기…… 미안하지만 한 군데만 더 가봐도 될까?"

카토는 이제 와서 신바람이 나기라도 했는지 더 억지를 부렸다.

하지만…….

"아, 상관없어. 어디 갈까?"

좀 전에 맹세했듯, 나는 오늘 카토가 하고 싶어 하는 일이라면 전부 이뤄주기로 결심했다.

그것이 바로 「지금 내가 확인해야만 하는 일」이기도 했다.

"거기는…… 『아이온』이라는 가게야."

"『아이온』……. 아, 이 근처야. 어, 어라?"

카토가 말한 가게 명칭을 플로어맵에서 발견한 나는 그 가게에 대한 설명을 읽고는 고개를 약간 갸웃거렸다.

"왜 그래?"

"저기, 이 가게는―."

"자, 빨리 들어가자."

"카토……?"

『아이온』이라는 가게는―.

"흐음, 여러 가지 타입이 있네~."

"어이, 카토."

"응? 왜?"

"너, 시력 나빠?"

"아니. 양쪽 다 2.0이야."

"그럼 왜……."

플로어맵에 적힌 설명에 따르면 이 『아이온』이라는 가게가 주로 취급하는 상품은 안경이다…….

"이건 어떨까? 아키 군에게 꽤 잘 어울릴 것 같아."

"뭐……?"

그렇다. 카토가 쓰지 않는 상품을 파는 가게인 것이다.

"안경 렌즈까지는 무리지만…… 하다못해 테만이라도 어때?"

"너, 지금 무슨 소리를―."

"오늘 나랑 여기까지 같이 와준 데 대한 답례야."

"뭐?"

카토가 고른 안경테가 내 얼굴에 씌워졌다.

그리고 나는 방금까지 쓰고 있던 안경이 어느새 사라졌다는 것을 그제야 눈치챘다.

카토가 이렇게 귀여운 장난을 치다니…….

"고마워, 아키 군."

"……."

어? 이 이벤트는 뭐지?

뭐랄까…… 뭐랄까…… 어라?

"아, 혹시 너무 얇은 테는 별로야? 그럼 잠시만 기다려."

기다려야 할 사람은 바로 너야. 나, 오전에는 너한테 폐만 잔뜩 끼쳤다고.

오후 들어서도 쇼핑 자체는 전혀 돕지 않았잖아.

"테가 좀 더 굵은 거…… 역시 지금 쓰는 안경이랑 비슷한 굵기가 좋겠지?"

게다가 결국 내 페이스대로 행동하면서 너한테 빨리 따라오라고 재촉만 잔뜩 해댔잖아.

그리고 오늘의 이 데이…… 뭐, 이것도 일전에 내가 약속을 어긴 후 어제 느닷없이 같이 가자고 해서 온 거잖아. 솔직히 말해 나는 너한테 폐만 잔뜩 끼쳤어.

그런데, 왜―.

"카토……."

"응~?"

지금은 거절할 수밖에 없다.

말도 안 되는 이유로 화를 내거나, 오타쿠 토크로 이 상황을 유야무야하게 만들어, 카토의 진심을 헛되이 만들어야 한다.

그러지 않으면, 나는…….

"그럼 나는 모자를 선물할게."

"뭐?"

"맞은편에 모자 가게가 있으니까……."

"……있으니까?"

"그 대신, 나는 어떤 게 좋은 건지 모르니까 카토가 직접 골라."

"…………고마워."

그런데, 왜지…….

나는 왜 모에 게임 주인공 같은 행동을 하는 거지…….

"응. 고마워, 아키 군!"

"부탁이니까 그렇게 환한 미소 짓지 마, 이 바보야! 그러면 캐릭터성이 생겨버리잖아!"

"어? 나는 캐릭터성이 생기면 안 되는 거야……?"

아니, 안 되는 건 아니지만…… 아니지만…….

그래도, 그건 좀 곤란하다고.

※ ※ ※

"우와! 한 번도 가본 적이 없어서 몰랐는데, 여자애랑 같이 간 케이크 뷔페는 그야말로 천국이구나……. 정말 고마워, 카토!"

"으, 으음, 아키 군이 너무 고마워 하니까…… 솔직히 말해 질릴 것 같아."

쇼핑을 끝낸 우리가 향한 곳은 센터 코트에 있는 케이크 뷔페다.

커플이나 어린 여자아이를 데리고 온 가족들로 북적이기에 평소 같으면 KEEP OUT인 그 가게에, 나는 카토라는 면죄부, 아니, 가짜 애인을 데리고 당당하게 들어갔다.

"아, 이 타르트 맛있네! 듬뿍 토핑된 세 종류의 베리가 자아내는 복잡 야릇한 새콤함과 커스터드 크림의 풍부한 단맛이 절묘하게 밸런스를 이루고 있어!"

"마, 맛있다니 다행이네……. 아무래도 상관없지만 말이야."

가게에 들어설 때까지만 해도 나는 '이건 완전 고문이군.'이라고 생각했다. 하지만 카운터에 놓인 각양각색의 음식들을 시식하면 시식할수록, 그런 어쭙잖은 생각은 입안에 감도는 마약에 가까운 단맛에 사로잡혀갔다.

"홍차 시폰도 최고! 넋이 나갈 만큼 부드럽고 향기 좋은 시폰 케이크와 그 위에 토핑된 생크림이 완벽하게 매치를 이루면서 입안에서 함께 녹는 이 식감도 끝내줘!"

"정말 어휘가 풍부하네……. 쓸데없이 말이야."

그래. 왜 잊었던 걸까…….

누구나 어릴 적에는 아이스크림이나 케이크를 좋아하잖아.

생일이나 크리스마스 때 케이크를 먹으면서 언젠가는 혼자서 케이크를 통째로 다 먹어보고 싶다고 생각했었잖아.

남자애들은 대체 언제 그런 순수한 마음을 잊고 만 것일까.

그리고 어른은 왜 어릴 적의 이런 기억이 잘못되었다고 주장하며 규탄하는 것일까.

"과일의 풍부한 비타민과 스펀지의 탄수화물이 녹초가 된 몸을 치유해주지만, 크림의 당분과 지방분이 몸에 축적된다고 하는 이 딜레마! 아아, 하지만 맛있어! 계속 먹어댈 수밖에 없다고!"

"저, 저기, 아키 군. 그걸로 열두 개째……."

그래. 성인 남성이 카페에서 파르페를 먹는 게 뭐가 그렇게 잘못된 행동이라는 거야.

남자 넷이 와서 디저트만 잔뜩 주문해도 질린 듯한 표정 짓지 마, 점원!

"그건 그렇고 아키 군을 비롯한 오타쿠들은 그 어떤 일에 있어서도 열의에 찬 목소리로 이야기를 해대는 듯한 이미지가 있긴 하지만, 설마 케이크도 그런 대상일 줄은 몰랐어……."

"뭐, 오타쿠들은 뭔가 좋은 것이 있다면 그것을 다른 사람들에게 전파해 함께 즐기고 싶어 하는 숭고한 자기희생정신을 지녔거든."

"……신자(信者) 특유의 탁해 보일 만큼 맑은 눈빛으로 그런 말을 하면, 어떤 반응을 보여야 할지 감이 오지 않는단 말이야."

"응, 이것도 맛있어! 카토도 한 입 먹어볼래? 아~."

"으응, 사양할게요."

"아, 그래?"

카토가 차가운 태도로 섭취를 거부한 그 케이크 조각은 내 입안으로 들어갔다.

으음, 조금 전까지 우리 둘 사이에 존재했던 새콤달콤한 분위기는 어느새 불식되고 만 것 같군. 바로 나 때문에 말이야.

"아무튼, 오늘 정말 즐거웠어."

"그래. 생각했던 것보다는 괜찮더라고~."

케이크를 먹어대는 나와, 그런 내 모습을 보는 것만으로도 배가 부른 것 같은 카토. 일반적인 남녀 커플과는 포지션이 정반대인 우리는 이래 봬도 조금 전까지 함께 쇼핑 전쟁을 치르면서 입가에 미소가 맺힐 만큼 즐거운 시간을 공유했다.

"솔직히 말해 또 오고 싶어. 이번에 체크하지 않은 가게 중에도 꽤 괜찮아 보이는 곳이 많거든. 그리고 너무 넓어서 하루 만에 다 돌아보는 건 불가능하잖아."

"그럼 다음에는 아침 일찍 와서 대기하다가 개점과 동시에 돌입, 그리고 처음에는 벽서클……이 아니라 인기 있는 가게를 돌면서 점찍어 둔 상품을 획득한 후, 비인기 서클……이 아니라 다른 가게를 천천히 둘러보는 전법을 써볼까?"

돌아볼 가게 수만이 아니라 성과에도 집착한다면 동료를 늘려 공동 구입 팀을 결성하는 것도 한 방법이지만, 이런 쇼핑은 본인이 직접 하는 것에 의미가 있으니 그건 좀 그렇겠지.

"그것보다 아키 군. 오늘 정말 대단했어. 나 혼자였으면 반도 못 돌아봤을 거야."

"오타쿠의 물욕을 얕보지 말라고."

"아키 군은 오늘 아무것도 안 샀잖아?"

카토는 방금 손에 넣은 새 모자를 손으로 빙글빙글 돌리면서 그렇게 말했다.

"타인이 진정으로 원하는 물건을 손에 넣었을 때, 우리는 그 무엇과도 바꿀 수 없는 극도의 기쁨을 느끼거든."

참고로 지금 내가 쓴 안경에는 알이 없는 대신 가격표가 붙어 있다. 좀 불편하군.

"그런 생각이 포교 활동으로 이어지는 거구나."

"맞아. 그래서 우리의 포교는 순수한 친절에서 우러나오는 거야."

"그 친절이 고마울 때도 있지만, 어마무지하게 짜증 날 때도 있어."

"어마무지 같은 표현 쓰지 마, 여고생."

"아하하, 여고생이라는 말이 왜 지금 튀어나오는 거야?"

음, 즐겁다.

이 평범함이, 즐겁다.

새콤달콤하지 않더라도, 그저 평소와 다름없이 행동할 뿐인데도, 충분히 즐겁다.

평범하게 외출하고, 평범하게 실패하고, 평범하게 회복하고, 평범하게 단둘이서 걷고, 평범하게 손을 잡고, 평범하게 선물 교환을 하고, 평범하게 달콤한 것을 먹고, 평범하게 이야기를 나눈다.

카토는 카토인 채로. 나는 나인 채로.

유별난 서프라이즈 이벤트도 없이, 그저 커뮤니케이션만으로도 이렇게 즐거운 시간을 보냈다.

카토는 자신이 입은 옷과 액세서리에 관해 설명했지만, 잘 이해가 되지 않은 나는 그녀의 설명을 오타쿠 토크로 이어가면서 이야기를 탈선시켰다.

하지만 내가 그러는데도 카토는 전혀 언짢아하지 않았다.

그저 적당히 딴죽을 날리면서 가볍게 흘려들은 후, 또 내가 알아듣지 못할 패션 관련 이야기를 했다.

그런 오타쿠와 일반인의, 평범한지 아닌지는 모르겠지만 운명 같은 것은 전혀 느껴지지 않는 대화가 너무나도 즐거웠다.

하지만, 그렇기 때문에…….

이렇게 즐겁기 때문에, 꼭 해야만 하는 말이 있다.

"저기, 카토……."

"응? 왜?"

"미안하지만 나, 너랑 같이 돌아갈 수는 없을 것 같아."

이곳에 온 목적은 달성했다.

"지금 바로, 가봐야만 하는 곳이 있어……."

그러니 지금은, 새로운 목적을 달성하기 위해 내달려야만 할 때인 것이다…….

제6장

회상 장면은 여러모로 편하다니깐

—토요가사키에 입학한 직후.

중학교 때 받은 마음의 상처 때문에 마음의 문을 닫은 내가, 나에게 다가오는 이들 모두에게 상처 입히던 바로 그 시절…….

간단하게 말해, 지금과 별다를 바 없는 오타쿠였던 시절에 있었던 일이다.

별생각 없이 접한 한 권의— 정확하게 말하자면 판타스틱 문고 발매일 당일(판타스틱은 발매일을 엄수하니까)에 아키하바라에 가서 구매한 모든 신간(구매를 중지한 시리즈를 제외하고) 중 한 권이 나의 고교 생활을 극적으로 변화시켰다.

침식(寢食)을 잊게 하고, 내 면학에 막대한 영향을 끼쳤으며, 근면 성실한 애니메이션 시청의 허들이 급격하게 높아질 만큼 수도 없이 반복해서 읽고 눈물을 흘렸을 뿐만 아니라, 내 블로그와 트위터를 통해 주위에 포교 활동까지 해대게 만든, 그야말로 마성의 라이트노벨.

띠지에는 『제40회 판타스틱 대상 수상! 초 기대 신인 데뷔!!』라는 눈부신 문구가 적혀 있었다.

하지만 그럼에도 불구하고 그 라이트노벨의 재고는 줄어들 줄을 몰랐다.

응모 당시의 타이틀이 너무 수수해서 편집부에서 수정한 새로운 타이틀은 바로 『사랑에 빠진 메트로놈』이었다…….

※ ※ ※

역에서 나오자 몇 개월 만에 보는 광경이 눈앞에 펼쳐졌다.

교차로도, 버스 정류장도, 역 앞 공원도, 그리고 그 너머에 펼쳐진 풍경도 세세하게 보면 바뀐 곳이 있을지도 모른다. 하지만 이 광경을 본 순간 내 머릿속에 1권의 컬러 삽화가 떠오를 만큼 재현도는 여전히 높았다.

그렇다. 이곳은 와고 시다.

『사랑에 빠진 메트로놈』의 무대이자 원작자인 카스미 우타코가 초등학생, 중학생 시절을 보낸 장소(4권 후기 참고).

그리고 냉전 중인 우타하 선배를 찾아다니는 중인 내가 마지막으로 당도한 곳이었다.

로쿠텐바 몰에서 카토와 헤어진 후, 나는 우타하 선배에게 연락을 취하기 위해 그녀의 핸드폰에 전화를 걸었다.

하지만 몇 번을 걸어도 그녀는 받지 않았다.

에리리 같은 순간 급탕기처럼 끓는점이 낮지는 않지만, 우타하 선배는 한 번 진짜로 화가 나면 보온병처럼 오랫동안 분노를 지속하는 사람이다. 그렇기에 그녀의 침묵은 내 간담을 서늘하게 만들었다.

혹시 또 소식불통 상태로 몇 달을 보내야 하는 걸까…….

하지만 그 후, 될 대로 되라는 심정으로 선배네 집에 전화했더니, 선배의 어머니로 추정되는 사람이 간단히 선배가 있는 곳을 가르쳐줬다.

『지인을 만나러 간다면서 집을 나섰단다. 중학교 시절의 친구 아닐까?』

다 큰 딸을 둔 부모치고는 정말 서슴없는 정보 공개였다.

뭐, 부모의 기대에 항상 답해온 우등생이기에 부모도 방임주의를 유지할 수 있는 것일지도 모른다.

……하지만 어머님. 당신의 자랑스러운 따님은 우수한 학업 성적을 방패 삼아 자기 하고 싶은 짓을 다 하면서 살고 있습니다요.

……뭐, 아무튼 선배를 찾을 단서를 겨우겨우 손에 넣은 나는 타마사키에서 와고 시까지 한 시간 반이나 걸려 도착한 것이다.

타마사키에서 출발한 시간이 해 질 녘이었던 만큼, 주변은 이미 어두워져 가고 있었다.

이런 어둠 속에서 『이 마을 어딘가에 있을』 한 소녀를 찾는 것은 솔직히 말해 클리어가 거의 불가능한 게임이나 다름없었다.

그래도 나는 그녀를 찾기 위해 이 마을을 헤맬 수밖에 없다.

무슨 일이 있어도 오늘 안에 그녀를 만나야만 하기에.

한시라도 빨리, 나의 이 마음을 그녀에게 전해야만 하기에.

그러지 않으면, 나는…….

※ ※ ※

내가 가장 먼저 찾은 곳은 역 앞에 있는 쵸분도 서점이었다.

너무 안이한 발상일지도 모르지만, 거꾸로 말하자면 이 곳은 그만큼 선배가 있을 가능성이 큰 곳이다.

그것도 그럴 것이, 이곳은 1권 48페이지에서 주인공, 나오토와 메인 히로인……이었던 사유카가 만난 장소다.

그리고 외람되게도, 나와 우타하 선배가 처음 서로의 존재를 인식한 장소이기도 했다…….

『안녕하세요! 만나서 영광입니다, 카스미 선생님!』
『고, 고마워……. 너, 꽤 이른 시간부터 줄 서서 기다렸다면서?』
『예! 그래도 밤샘은 안 했으니까 걱정하지 마세요. 새벽 첫차를 타고 왔을 뿐이에요.』
『그렇게 무리하지 않아도 되는데……. 번호표, 아직 반 이상 남았다니까 말이야.』
『그래도 일찍 온 덕분에 가장 먼저 선생님의 사인을 받게 되는 영광을 누릴 수 있게 됐잖아요. 정말 운이 좋았다니까요. 저, 『사랑에 빠진 메트로놈』의 광팬이거든요!』
『아, 으음, 고마워…….』
『1권만 해도 스무 번 넘게 읽었어요. 그리고 매주 한 번씩 읽으면서 눈물을 흘리고 있다니까요.』
『흐, 흐음, 그…… 그렇구나.』
『클라이맥스 부분의, 나오토가 사유카를 위해 최선을 다하는 부분에서 정말 감동했어요. ……하지만 그 두 사람이 미묘하게 어긋나고 마는 게 너무 아쉬웠어요.』
『…….』
『이런 말 하는 건 좀 그럴지도 모르지만, 처음에는 사유카에게 약간 공감이 되지 않는 부분이랄까, 사고방식 면에서 납득이 되지 않는 부분도 있었어요.』
『……?』

『하지만 다섯 번 정도 읽었더니 자연스럽게 이해가 되었다고 할까, '아아, 이런 과거를 지닌 인물이구나.' 하고 생각하게 됐죠.』

『이 목소리……?』

『그런 식으로 되풀이해서 읽다 보니 이런저런 부분들이 이해가 되기 시작하더라고요. 제 독해력이 부족해서 그런 걸지도 모르겠지만, 정말 깊이 있는 작품이라는 생각이 들었다니까요.』

『이, 쓸데없이 이야기가 길고 뜨거운 목소리는……?』

『어제는 너무 긴장이 되어서 거의 잠을 못 잤…… 카스미 선생님?』

『너…… 혹시…….』

『응? 왜 그러세요?』

『입학하자마자 교무실에서 야마시로 선생님과 싸웠다던…….』

『야, 야마시로? 어떻게 제 담임의 이름을 카스미 선생님이 아는 거죠……?』

『아르바이트하는 걸 허락해달라면서 한 시간 넘게…… 그것도 방금처럼 교무실 전체에 울려 퍼질 듯한 큰 목소리로…….』

『잠깐만요. 카스미 선생님이 왜 토요가사키 학원의 교무실에서 있었던 일을 아는 거죠?』

『그건, 그러니까…….』

『……어?』

『…….』

『으음, 저도 질문 하나만 할게요. 카스미 선생님, 혹시 일전의 전국 모의시험 때 우수한 성적을 거둬서 표창을 받지 않았어요?』

『역시 넌…… 아키 군, 맞지?』

『……어, 어엇?! 카스미가오카 우타하 본인?! 잠깐, 그럼 카스미 우타코는 본명을 대충 잘라서 만든 거잖아요! 펜네임을 뭐 그렇게 대충 지은 거예요?!』

『잠깐, 그렇게 큰 소리로 내 본명을 말하지 마……. 너, 팬을 자처하는 사람치고 작가에게 너무 무례하네.』

그건 2권 발매 후에 열린 중판(重版) 감사 사인회 때였지?

거의 초면이나 다름없었던 선배를 완전히 질리게 만든 후로 벌써 1년가량 흘렀군…….

선배에게 있어, 작가로서 처음 개최한 사인회에서 처음으로 사인 해준 상대가 같은 학교 후배였다는 것은 운명이라기보다 악몽에 가까웠겠지…….

……그런 그리운 추억을 떠올리면서도, 나는 3층인 이 서점의 각 층을 구석구석까지 살펴보았다.

하지만 아무리 찾아봐도 긴 흑발의 미인이 자신의 작품을 눈에 띄는 장소에 옮겨놓는 장면을 볼 수 없었다.

……그러고 보니 그 사람, 이 서점만이 아니라 다른 서점에 가서도 그런 짓을 해댔지.

※ ※ ※

그 후에도 말투는 조금 거칠지만 사람 좋은 그 선배는 훌리건이나 다름없는 나 같은 녀석과 언짢은 표정을 지으면서도 이야기를 나눠줬다.

하지만 자신이 작가라는 사실은 학교 관계자들에게 비밀이었기 때문에 우리는 보통 와고 시의 역 주변에서 이야기를 나누고는 했다.

자신이 완전히 매료된 작품의 성지에서, 원작자에게 직접 장면 해설을 들을 수 있었던 나는 그 작품의 팬 중 가장 행복한 사람일지도 모른다.

그 외에도 이 마을에서 여러 가지 이야기를 했다.

『사랑에 빠진 메트로놈』의 앞으로의 전개, 라이트노벨 업계에서 이 작품이 놓여 있는 위치, 희망하는 미디어 믹스 방향, 히로인 론(論), 주인공 폭발해버려 론(論)이라든가…….

여러 가지 이야기를 하면서도, 두 사람 다 작품에 한정된 이야기만 하는 점이 오타쿠 작가와 오타쿠 팬다웠다.

그래도 우리는 이 마을에서, 역 앞에 있는 허름한 패스트 푸드점에서…….

수없이, 꿈을 이야기했다.

『3권을 그런 식으로 끝내는 건 너무하잖아요. 좀 봐달라고요. ……그 후에 어떻게 되는 거예요…… 대체 어떻게 되는 거냐고요~!』

『가게 안에서 시끄럽게 떠들지 마. 겨우 일개 소설의 스토리 같은 것 때문에 말이야.』

『뭐, 신에게 있어서는 「겨우 일개 소설」에 불과할지도 모르겠지만, 신의 변덕에 휘둘리는 등장인물과 독자들도 생각해달란 말이에요.』

『……후후.』

『우타하 선배, 이번에는 너무 악랄했어요. 나는 앞으로 어떻게 전개될지 전혀 감이 안 온다고요…….』

『실은 말이야. 4권에서는…….』

『앗~! 그, 그만해요~! 다음 권 내용을 스포일러 당하면 읽을 때의 재미가 준단 말이에요~!』

『……그렇게 필사적으로 귀 막지 않아도 돼. 진짜로 알려줄 리가 없잖아?』

『으~~~!』

『……아, 귀 막고 있으니 방금 내가 한 말도 안 들렸겠네.

어이~ 토모야 군~.』

『아얏! 선배, 뭐하는 거예요……?!』

『사람 말 좀 제대로 들으란 말이야. 자, 나도 질문 하나 할게. 네 생각에는 이 작품의 내용이 앞으로 어떻게 진행될 것 같아? 어떻게 진행되는 게 토모야 군의 취향이야?』

『예? 어? 진짜로 말해도 돼요?』

『작가가 독자의 감상이나 소망을 듣는 건 자연스러운 일 아닐까? 그리고 어디까지나 참고삼아 묻는 거야.』

『우선 말이죠. 이 더블 히로인의 막상막하 상태는 완전 반칙이에요. 마유이가 이렇게 따라붙는 것 자체가 말도 안 된다고요.』

『……그럼 너는 사유카 파?』

『둘 중 한 명을 고를 수 없어요! 그래서 말도 안 된다고 한 거예요.』

『우유부단~ 마치 나오토 같네.』

『이건 제가 한 명을 선택할 수 없게 만든 신의 잘못이에요. 그야말로 악마 같은 짓거리라고요.』

『뭐, 신이라는 녀석들은 그리스 신화 시대부터 하나같이 악랄하고 제멋대로였으니까 말이야.』

『아, 그리고 이 비 오는 장면 말인데…….』

『아, 그게 왜?』

『그때 나오토가 사유카에게 한 말은 일전에 제가 선배에게 말했던 망상과 완전 똑같던데요?』

『……작가라는 인종은 일상생활을 영위하면서도 항상 작품에 쓸 소재를 모으곤 해.』

『선배도 정말 악랄하네요…….』

올해 봄. 카토와 우타하 선배, 그리고 내가 함께 갔던 햄버거 가게.

작년 가을. 나와 선배가 자주 앉았던, 역 앞 공원이 잘 보이는 창가 자리.

하지만 그곳에서도, 전날 밤샘을 했는지 졸려 보이는 눈빛의 작가가 자리가 빌 때를 기다리는 손님이 있는데도 전혀 개의치 않으며 키보드를 치는 모습을 볼 수는 없었다.

……지금 생각해보니, 자리를 떡하니 차지하고 앉아서 끝없이 대화를 나눈 나와 선배는 주위 사람들에게 무지막지하게 폐가 되었을지도 모르겠군.

※ ※ ※

오늘 이곳에 도착했을 때만 해도 여름이 왔다는 사실을 알리듯 기세 좋게 물을 뿜던 역 앞 공원의 분수는 어느새 작동이 중지되어 있었다.

시계를 보니, 시곗바늘은 오후 열한 시 언저리를 가리키고 있었다.

운행되는 전철의 수도 급격하게 줄었고, 역에서 나오는 사람도 눈에 띄게 줄었으며, 역에 들어가는 사람은 거의 보이지 않았다.

그 탓에 쓸쓸한 분위기가 감도는 역 출입구를, 나는 공원 벤치에 앉아 멍하니 바라보았다.

이곳에 온 후 몇 시간 동안 짐작 가는 곳을 전부 뒤져봤지만 선배를 찾을 수 없었다. 이제 남은 방법은 집에 돌아가기 위해 이 역에 온 우타하 선배를 잡는 수밖에 없다.

막차를 포함해 남은 열차 수는 세 대밖에 되지 않는다.

그중 하나에 타지 않으면 나도 집에 돌아갈 수 없다.

그때까지 선배를 찾지 못한다면, 그대로 포기할 수밖에 없는 것이다.

차분하게 생각해보니, 이렇게 서두를 필요는 없다는 생각이 들었다.

겨우 하루, 길어도 이틀 동안 만나지 못할 뿐이다.

월요일에 선배의 교실로 직접 쳐들어가서 이야기를 나누면 충분히 해결될 문제다.

……하지만 우리 사이에는 석 달 동안 만나지 않았던, 말조차 섞지 않았던 역사가 존재했다.

서로가 서로에게 바로 사과하지 않은 탓에, 화해하지 않은 탓에, 그렇게도 깊은 골이 생기고 말았다는 사실을 나는 알고 있다.

우리가 만난 여름.

대화를 나눈 가을.

그리고 결별하고 만 겨울.

그렇다. 그날은 역시 눈이 내렸다. ……뭐가 역시인지는 일단 제쳐두겠다.

『이걸, 읽을 수는 없어요…….』

『걱정하지 마. 너는 내용을 퍼뜨리고 다닐 사람이 아니잖아. 그리고 편집부 측에도 허락을 받았어.』

『대체 왜…… 저, 알고 싶지 않아요.』

『이 책이 발간되기 전에 네가 읽어줬으면 좋겠어.』

『왜죠?』

『토모야 군이 인정해주길 바라니까.』

『그러니까, 왜…….』

『…….』

『저, 최종 권이 발매되면 꼭 사서 읽은 후, 얼마든지 감상을 말해줄게요. 그리고 그 어떤 전개일지라도 선배가 쓴 이 책을 제가 인정하지 않을 리가 없잖아요.』

『그건 맹목적인 추종이야. 내가 원하는 건 그런 감상이 아냐.』

『그럼 선배는 대체 뭘 원하는 거죠……?』

『읽어보면 알 수 있……을지도 몰라.』

『있을지도 모른다니…….』

『네가 이 결말에서 어떤 느낌을 받을지…… 그리고 그것을 통해 어떤 대답을 내놓을지, 나는 알고 싶어.』

『………….』

『……한 번 더 물을게. 이 최종 권의 초벌 원고, 읽어주지 않겠어?』

『……사양하겠어요.』

『……읍.』

『왜냐하면, 저는 이 작품에 관한 그 어떤 책임도 질 수 없으니까요.』

『왜……?』

『………….』

『왜 아무 말도 안 하려는 거야?』

『……큭! 말로 안 하면 모르는 거야?!』

『아…….』

『그야 이 작품의 광팬이기 때문이라고!』

최종 권 초벌 원고를 읽은 후 감상을 작가에게 말하는 것…….

그것은 팬에게 있어 말도 안 될 만큼 엄청난 특권이다.

하지만 나는 선배의 상냥함에서 우러난 그 제안을 거절했다.

최종 권 자체를 읽고 싶지 않다는 마음도 분명 있었다.

『사랑에 빠진 메트로놈』이라는 작품이 영원히 계속되기를 바랐다.

하지만 그것이 이루어질 수 없는 소망이라면, 하다못해 결말만이라도 최후의 날에 맞이하고 싶었다.

다른 그 어떤 것도 섞이지 않은, 작품에 담긴 순수한 메시지에 그저 농락당하고 싶었다.

하지만 그런 나의 팬으로서의 마음은 결국 마지막까지 우타하 선배에게 전해지지 않았다.

그것은 그녀가 그 후 지은 표정과 태도를 통해서도 알 수 있었다.

그리고 그때, 카스미 우타코라는 작가가 마음속에 품었던 마음 또한 결국 마지막까지 나에게 전해지지 않은 것이리라.

그것은 아직도 내 가슴속에 응어리 같은 마음이 존재한다는 것을 통해 충분히 알 수 있었다.

그 후 얼마 지나지 않아 『사랑에 빠진 메트로놈』은 완결됐다.

결국 나오토와 맺어진 사람은 2권에서 등장한 두 번째

히로인, 마유이였다.

스토리 면에서 보면 의외이고, 인기 면에서 본다면 합당한 이 결말을 두고, 지금도 일부 팬들 사이에서는 격렬한 논쟁이 벌어지고 있었다.

※ ※ ※

어느새 역 앞에 설치된 시계는 11시 40분을 가리키려 하고 있었다.

그동안 역에 들어간 사람은 50명도 채 되지 않았다. 그리고 그 안에는 블랙 롱헤어의 졸려 보이는 미인은 단 한 명도 없었다.

운행 열차 수가 적은 그 열차는 그 사이 두 대나 나를 이곳에 내버려둔 채 떠나갔다. 그리고 막차가 플랫폼에 서 있었다.

"돌아갈까……."

나는 한숨을 내쉬면서 오랜만에 입을 열었다.

그리고 자신이 방금 한 말에 재촉당한 것처럼 자리에서 일어나 천천히 개찰구로 향했다.

그렇게 노력했는데도 아무런 성과도 거두지 못한 나는 허탈함을 느끼며 집으로 돌아가려 했다.

그 어떤 결론도 내지 못하고, 많은 사람들에게 폐를 잔뜩 끼쳤을 뿐만 아니라, 플롯에 관한 구체적인 계획조차 짜지 못한 채, 주말 동안 계속 괴로움에…….

『그럼 이쯤에서 헤어지자.』
『최종 권, 기대해줘.』
『잘 가, "윤리" 군.』

"……아."
개찰구를 통과하려 한 순간, 반년 전에 선배와 헤어지면서 나눴던 대화가 머릿속을 스쳤다.
그것은 선배가 나를 부를 때 쓰는 호칭이 『토모야』에서 『윤리』로 바뀐 순간…….
공원에서 나와, 개찰구로 가기 전, 잠시 들렀던…….
"아, 앗……!"
그 장소의 영상이 머릿속에 떠오른 순간, 그 자리에서 뒤돌아선 나는 역 밖으로 뛰쳐나갔다.
만약 그곳에도 선배가 없다면 막차를 놓치고 만다, 라든가…….
만약 진짜로 거기에 있다 한들 대체 어떻게 선배를 찾을 것인가, 같은…….
그런 사소한 생각은 머릿속에서 깨끗하게 사라졌다.

"찾았어……."

앞뒤 가리지 않고 행동한 나를 신께서 동정한 것일까…….

나는 너무나도 간단하게 발견했다.

"찾았다고……!"

창문 너머로 윤기 넘치는 긴 흑발을 지닌 여성의 뒷모습이 보인 것이다.

그곳은 역에서 걸어서 3분 거리에 있는, 그리고 역 앞 빌딩 중 가장 크며 이 주변에서 가장 비싼 숙박 시설이다.

『저기.』

『예?』

『오늘, 자고 가지 않을래?』

『노…… 농담하지 마요, 선배!』

호텔 제퍼슨 와고.

여러모로 괴롭고, 부끄러워서, 봉인해버린 기억이 잠들어 있는 장소.

하지만 역시, 오늘도, 그런 추억이 잠들어 있는 장소의, 로비에 있는 카페에…….

우타하 선배는, 있었다.

『선배! 우타하 선배!』

나는 창문 유리를 힘껏 두드리면서 선배의 이름을 외쳤다.

그녀의 뒷모습을 내가 알아보지 못할 리가 없다.

"선배애애애애애애~~~!!!"

쿵쿵쿵. 쿵쿵쿵쿵쿵!

나의 그런 비정상적인 행동 탓에, 카페에 있던 사람들이 일제히 이쪽을 돌아보았고…….

그리고 안쪽 테이블에 앉아 있던 블랙 롱헤어를 지닌 여성은 나를 힐끔 쳐다본 후, 바로 모르는 사람인 척하듯 고개를 돌렸다.

선배, 너무해요…….

※ ※ ※

"저기, 윤리 군."

"아, 예……."

"지금 바로 이 자리에서 죽어주지 않겠어?"

"필사적으로 선배를 찾아다닌 사람에게 너무하는 거 아니에요?!"

호텔 로비에 있는 카페.

호기심에 찬 눈길이 주위에서 날아오고 있는 가운데, 나는 선배의 무지막지하게 차가운 시선을 한 몸에 받고 있었다.

마치 나를 『유부녀와 관계를 가진 후에 그 유부녀의 딸과 친해져서, 그 유부녀를 버리려 했더니 열 받은 유부녀가 자신의 딸을 다른 남자와 결혼시키려 하자, 결혼식에 쳐들어가 유부녀의 딸을 강탈한 악랄한 남자』라도 보는 듯한 눈으로 노려보고 있었다. 너무해요.

"그런 부끄러운 짓 하지 말고 그냥 안에 들어와서 말을 걸었으면 내 시선이 이렇게 차가워지지 않았을 거야."

"그, 그게, 조금 전까지 제가 한 고생들을 생각했더니, 그 정도 퍼포먼스는 해줘야 할 것 같은 느낌이 들어서……."

"너는 자신이 한 고생에 걸맞은 수치 플레이를 타인에게 강요하는 거야? 항상?"

"아, 나도 꽤 부끄러웠다고요."

"그럼 그런 의미 없는 짓 좀 하지 마."

옳은 말이다. 마음을 진정시키고 생각해보니 나도 우타하 선배의 말이 백 번 천 번 옳다는 생각이 들었다.

그러니까 내가 선배를 찾기 전에 방금 그 말을 해줬으면 좋았잖아. 무리라는 건 알지만 말이야.

"그건 그렇고 정말 죽어라 찾아다녔어요. ……선배가 있을 만한 곳은 다 가봤는데 계속 헛수고만 해댔거든요."

"나, 이 마을에 올 때는 항상 이 호텔에 묵어. 그건 너도 알잖아?"

아니, 그건 알지만 내 심층 심리에 새겨진 그 일을 떠올리는 걸 무언가가 거부했다고나 할까요……라고 말할 수는 없었다.

“으, 으음…… 선배가 내 전화만 받았어도 일이 이렇게 되지는 않았을 거라고요!”

“어쩔 수 없잖아. 해 질 녘부터 줄곧 회의를 하고 있었단 말이야. 이건 전부…….”

우타하 선배가 약간 나른해 보이는 표정을 지으며 자신의 옆자리를 쳐다본 순간…….

“시~ 양, 시~ 양, 빨리 소개해줘! 저 애가 TAKI 군이지?”

저음이지만 높은 텐션이 느껴지는 목소리가 몇몇 지인만 아는 내 핸들 네임을 입에 담았다.

“……정말 시끄럽네. 마치다 씨는 입 좀 다물고 있어.”

“……선배?”

그 순간, 표정과 마찬가지로 나른한 느낌이 드는, 하지만 평소보다 정신 연령이 육체 연령에 가까워진 듯한 우타하 선배의 목소리가 옆에 있는 이의 말을 막았다.

그렇다. 우타하 선배는 처음부터 이 카페에 혼자 있지 않았다.

내 눈앞에 놓인 명함에는 작전 목적과 ID……가 아니라 소속과 이름이 적혀 있었다.

주식회사 후시카와 서점
후시카와 판타스틱 문고 편집부

마치다 소노코

그녀는 출판사 편집자치고는 드물게 말끔한 느낌의 검은색 정장을 입었다.

하지만 옅은 화장과 낮은 구두 굽, 그리고 단발머리가 활동적인 느낌을 자아냈다.

나이는 서른을 살짝 넘어 보였지만 함부로 물어볼 수는 없었다.

"와아~ TAKI 군이 진짜로 존재했구나. 나, 처음에는 시~ 양이 스텔스 마케팅용으로 그 사이트를 만들었다고 생각했어. 그렇잖아? 이제 막 데뷔한 신인에게 그렇게 열성적인 팬이 있을 리가 없으니까 말이야."

"자기들이 뽑은 신인상 작가에게 그런 소리를 해도 되는 거야……?"

……그러고 보니 그녀의 얼굴과 헤어스타일, 그리고 복장은 희미하게나마 기억이 났다.

일전에 선배가 "회의가 길어졌다."면서 약속 장소에 30분 늦게 나타났을 때, 선배 뒤편에 서서 우리를 놀리던 어른스럽지 못한 여성이다.

"저기, TAKI 군. 당신의 블로그 말인데, 앞으로 정식으로 우리와 연동하지 않을래? 그러면 발표 전 정보나 소재 같은 것도 제공해줄 수 있으니까 서로에게 득이 되지 않겠

TOILET

어?"

"그러면 진짜로 스텔스 마케팅을 하는 게 되잖아요!"

"아니면 공식 블로그로 삼아줄 수도 있어. 나, 아니 우리 회사는 당신의 선전력에 흥미가 있거든. 그럴 만하잖아? 그 수수하기 그지없고 전형적인 『평판은 좋지만 팔리지 않는 작품』의 필두였던 『사랑에 빠진 메트로놈』을 인터넷 판매 랭킹 라이트노벨 부문 1위로 만든 건 바로 당신 블로그의 공적이잖아."

"그, 그건 과대평가예요!"

"작가를 너무 과소평가한 것 같기도 하네……."

"그렇게 생각할 수밖에 없잖아~. 1권 발매 당시에는 중판될 기색이 전혀 없었단 말이야. 편집장도 3권으로 완결내야겠다고 했었어. 나, 그때 5권 최종 편까지의 플롯을 전부 받아뒀기 때문에 안쓰러워서 시~양에게 사실대로 말하지 못했단 말이야."

"그, 그렇게 위험했던 거예요?!"

"작가로서는 영원히 알고 싶지 않은 정보네……."

"그런데 2권 발매 직후부터 갑자기 서점에서 추가 주문이 들어오기 시작했어. 어떻게 된 건지 알아보려고 인터넷에서 검색해봤더니 TAKI 군의 사이트가 가장 먼저 튀어나오지 뭐야. ……우리 회사의 공식 사이트보다 먼저 나온 건 좀 쇼크였어."

"아, 그건 당신네들 잘못 아니에요?"

"당시에는 공식 사이트를 완전 방치해뒀었지……."

"뭐, 뭐어, 아무튼! 그래서 이 작품의 매상 중 3할 정도는 당신의 공적이라고 편집부에서 분석했어. 착각 속에서 사는 작가 중에는 "진정으로 재미있는 작품이라면 선전을 하지 않아도 분명 팔린다." 같은 헛소리를 해대는 사람도 있어. 하지만 나중에 입소문을 타게 될 즈음에는 작품이 조기 완결되어버리기 때문에 편집부로서는 미디어 믹스 같은 식의 전개도 하기 힘들어. 정말 골치라니깐."

"그, 그런 소리를 일반 독자 앞에서 해도 괜찮아요?!"

"나는 그런 말 안 했어……. 착각 속에서 산 적도 없어……."

"그리고 지금부터 하는 이야기가 본론인데 말이야. 『사랑에 빠진 메트로놈』이 히트를 친 덕분에 밑 준비는 된 것 같으니까 이번 작품은 본격적으로 밀어줄 예정이야. 1권부터 와고 시와 대대적으로 제휴 및 협력을 해나가기로 했어."

"아, 이번에도 무대는 와고 시인가요?"

"그야 이렇게 전폭적으로 지원해주는 곳이 있는데 다른 지역을 무대로 할 필요는 없지 않겠어?"

"그, 그, 그럼! 다음 작품도 와고 시를 무대로 전개된다면 전작과 링크되는 부분도 있겠네요……?"

"눈치가 빠르네. 같은 장소, 같은 시간 축에서 그려지는 다른 등장인물들의 이야기, 같은 느낌으로 전개하면서 전작의 인물들이 약간씩 얼굴을 드러내면 좋을 것 같아."

"아하, 카스미 우타코 월드? 공통되는 세계관을 세일즈 포인트로 삼으려는 거군요!"

"맞아. 그래서 낮에는 서점만이 아니라 작품에 등장할 예정인 후보지에 찾아가서 협력 요청을 했어."

"우오오! 꿈이 드넓어져 가고 있어! 그, 그럼, 그 외에도 관광 협회와 협력해서 팸플릿을 만든다든가, 미리 현지의 이벤트 홀을 예약해둔다든가 하는 것도……!"

"그래! 이미 진행 중이야! 역시 TAKI 군이네. 말이 통하는걸!"

"저기, 두 사람……."

"그리고 철도 회사나 버스 회사 등과 연계하는 것도 기본 중의 기본이죠? 열차 래핑에는 돈이 얼마나 들까요?"

"그건 원작과 애니메이션이 대박을 쳐서 관련 상품도 날개 돋친 듯 팔려야 가능하겠지만, 그렇다고 처음부터 그 가능성을 배제할 필요는 없다고 생각해."

"잠깐……."

"그러고 보니 도메인은 확보해뒀어요? 타이틀 발표 후에는 이상한 녀석들이 관련 도메인을 확보하려고 드니까 미리 손을 써두는 편이 좋을 거예요."

"아, 그건 깜빡했어! 나, 여러 작가를 담당하기 때문에 한 작가만 계속 신경 쓸 수 없거든. 미안하지만 당신이 괜찮은 도메인을 확보해주지 않겠어?"

"그러기 위해서 필요한 정보는 타이틀과 캐릭터 설정, 그리고 키 비주얼과—."

"윤리 군…………."

"예에에엣?!"

그 목소리는 크지 않았다. 아니, 지금까지보다 더 낮고 작은 목소리였지만…… 하지만 그 목소리가 울려나온 진원지가 상당히 깊은 탓일까, 그 목소리는 내 뱃속까지 울려 퍼졌다.

"정말, 두 사람은 절대 만나게 해서는 안 될 것 같다고 전부터 생각했지만, 진짜로 만나게 되니 내 상상을 아득히 초월할 만큼 짜증 나는 상황이 벌어지네."

"선배, 미안해요……."

"너야 그렇다 쳐도, 담당 편집자라는 사람이 그러면 어쩌자는 거야……."

우타하 선배의 분노는 나만이 아니라 마치다 씨에게도 향하고 있는 것 같았다.

그래도 연상의 담당 편집자에게까지 그런 식으로 말하는 건 좀 그렇지 않을까?

"정말, 어째서 내 주위에 있는 오타쿠들은 하나같이 말문이 터졌다 하면 수다쟁이가 되는 걸까?"

"우와아. 오타쿠 상대로 장사하면서 그런 폄하 발언을 하는 건 좀 그렇지 않아? 그건 자신이 거물이 되었다고 착각한 작가들이 흔히 걸리는 중2병 중 하나야. 편집부 측에서도 앞으로의 대응에 대해 생각해봐야 할 만큼 중증인 것 같네~."

"지적하자마자 실천에 옮길 필요는 없지 않아?"

하지만 마치다 씨는 기가 죽기는커녕…… 우타하 선배의 말을 전혀 개의치 않으면서 그녀를 계속 도발했다.

그래. 선배는 이런 과정을 통해 자신의 독설을 단련한 거구나. 필요악으로서 말이야…….

"게다가……."

우타하 선배는 마주 앉은 나를 쳐다본 후, 땅이 꺼져라 한숨을 내쉬었다.

"태어나서 처음 생긴 팬은 짜증 나는 애일 뿐만 아니라, 바보에 겁쟁이이기까지……. 정말, 어쩌다 이렇게 된 걸까?"

"아, 방금 그 대사, 꽤 전형적이지 않았어요? "하아~. 나, 어쩌다 이런 녀석을 좋아하게 된 걸까?" 틱한 느낌이었잖아요."

"……TAKI 군, 그 이야기, 하나도 안 웃기니까 이제 그만 하는 편이 좋을 거야."

"그래도 『사랑에 빠진 메트로놈』을 쓴 카스미 우타코치고는 대사 선택이 너무 안이한 것 같단 말이에요."

"그러니까 내 말은 그런 뜻이 아니라…… 핵심에 너무 근접했다고나 할까……."

"예? 마치다 씨, 방금 뭐라고 하셨어요? 미소녀 게임에 나오는 둔감 귀머거리 주인공이 아니더라도 못 들을 만큼 작은 목소리로 말하지 마세요."

"자아, 흥이 많이 오르신 것 같습니다만…… 두 사람 다 이제 그만 입 다물어."

선배가 방금 한 말은 지구 반대편인 브라질 근처에서 들려온 것처럼 낮았다.

"그럼…… 윤리 군."

"예……."

이런저런 일이 있은 후, 마치다 씨는 우타하 선배를 마구 도발하고 나서야 카페에서 나갔다.

그러자 이 자리에는 방금까지와는 비교하는 것조차도 주제넘은 짓이라는 느낌이 들 정도의 적막감이 감돌았다. 그와 동시에 우리가 주위에 얼마나 폐를 끼쳤는지도 깨달았다.

하지만 이제 방해꾼이 사라졌으니 본론으로 들어갈 수 있을 것이다.

"선배. 저……."

나는 무릎 위에 올린 두 주먹에 힘을 주면서 천천히 입을 열—.

“우리도 그만 나가자.”

“아직 이야기 시작도 안 했거든요?!”

—려고 한 순간, 내 결의는 그대로 산산조각 나고 말았다.

“여기는 밤 열두 시 이후로는 주문을 받지 않아. 그러니까 슬슬 일어나야 해.”

“아, 정말이에요?”

시계를 보니 그 최종 주문 시간으로부터 30분가량이나 흘렀다.

그러고 보니 나는 결국 아무것도 주문하지 않았군……. 완전 폐만 잔뜩 끼쳐댔잖아.

“하지만 이대로 헤어지면 윤리 군이 헛수고만 한 게 되니까…… 어떻게 한다?”

“그럼 근처에 있는 패밀리 레스토랑에라도 가지 않겠어요?”

“할 이야기라는 게 꽤 긴 거야?”

“예. 좀 길어요.”

“그렇구나……. 그럼 따라와.”

“아, 예…….”

우타하 선배는 핸드폰으로 메일을 체크한 후, 계산서를 들고 먼저 자리에서 일어났다.

그래서 나는 별생각 없이 선배의 뒤를 하염없이 따랐다.

……하지만 『별생각 없이』 그런 행동을 취한 것은 완벽한 실수였다.

※ ※ ※

"……."

창밖에는 와고 시의 야경이 펼쳐져 있었다.

도심에서 어느 정도 떨어진 주택 지역은 심야가 되면 역 주변부터 서서히 불빛이 사라지기 시작한다. 그와 동시에 찬란한 빛의 홍수와는 다른 풍취를 지닌, 차분한 풍경이 펼쳐지는 것이다.

"……."

조용하다.

방음 설비가 완벽하게 된 건물 내부에서는 외부의 소리가 전혀 들리지 않았다.

교차로를 달리는 차, 아직 영업 중인 가게, 그리고 길을 가는 사람들의 모습이 보이기는 하지만 그들이 자아내는 소리는 들리지 않았다.

"……윽."

그래서일까, 이 공간 안을 가득 채운 정적에 섞인 희미한 잡음이 꽤나 크게 들렸다.

그 소리는 내가 조금 전부터 바라보고 있는 문 너머에서 들려왔다.

그 소리의 정체는 바로 호텔 객실 안에 있는, 욕실에서 흘러나오는, 샤워 소리다…….

"으으으으으윽?! 뭐, 뭐가 어떻게 된 거야?!"

지금 내가 있는 장소는 패밀리 레스토랑도, 인터넷 카페도 아닙니다요.

이 방의 문에는 1325라고 적혀 있었는데 그것은 이 가게의 이름……이 아니라, 13층에 있는 25번째 방이라는 것을 뜻하는 거였어.

그렇다고 빌딩 최상층에 있는 레스토랑 같은 데도 아니거든?

약 30분 전, 우타하 선배에게서 따라오라는 말을 들은 나는 별생각 없이 그녀의 뜻에 따랐다.

머릿속으로 패밀리 레스토랑에서 이야기를 나눈 후의 행동 계획을 세우면서 말이다.

선배와 한두 시간 정도 이야기를 나눈 후, 열차 운행이 시작될 때까지 어디서 시간을 보낼 것인가…….

우타하 선배를 호텔까지 배웅한 후, 패밀리 레스토랑에서 아침까지 버틸 것인가. 아니면 인터넷 만화 카페에 가서 음료수와 신간 만화를 친구 삼아 아침까지 버틸 것인가…….

그리고 아침 식사는 마○야와 스키야, 요시○야, 도쿄 치○라메시 중 어디서 먹을 것인가, 그런데 이미 아침 메뉴는 쇠고기덮밥으로 확정된 건가, 그리고 여기는 도쿄가 아닌데 도쿄 치카○메시가 있기는 할까…….

……이런 딱히 중요하지도 않은 생각에 빠져 있던 나는 호텔 밖으로 나갈 줄 알았던 우타하 선배가 나를 데리고 호텔 엘리베이터에 탔다는 사실조차 눈치채지 못했다.

"어…… 어엇?!"

그리고 드디어…… 욕실에서 들려오던 샤워 소리가, 멎었다.

"오래 기다렸지?"

"아, 아니, 저기……."

욕실 문이 열리더니, 오늘 하루 동안 이 방을 소유한 이가 모습을 드러냈다.

새하얀 목욕 가운으로 몸을 감싸고, 검은 머리카락을 수건으로 닦으면서 말이다…….

"미안해. 낮에 계속 돌아다니면서 흘린 땀 때문에 온몸이 끈적끈적했거든."

"그, 그랬군요."

"윤리 군도 씻을래?"

"아, 아뇨. 괜찮아요!"

"……."

"……윽?!"

내 말을 들은 우타하 선배는 가벼운 미소를 머금으며 자연스럽게 앉았다.

……침대에 걸터앉은 내 바로 옆에 말이다.

나라는 놈은 왜 이렇게 치명적인 장소에 앉은 거야. 바보 아냐?

"저기, 윤리 군."

"아, 예……."

우타하 선배는 아마 나를 쳐다보고 있을 것이다.

방금 샤워 한 그녀의 몸에서 흘러나오는 비누와 샴푸 향기, 그리고 냉방 때문에 더욱 따뜻하게 느껴지는 그녀의 온기가 나를 감싸고 있었다.

"그, 그럼 저는 이만 가볼게요!"

"……아직 아무 이야기도 하지 않았잖아?"

"하, 하지만! 숙박객도 아닌 사람이 객실에 들어오면 안 되잖아요!"

"윤리 군은 이미 이 호텔의 숙박객이야."

"대, 대체 어느새?!"

"방금 마치다 씨가 프런트에 들러서 수속하고 갔대. 자, 메일에 그렇게 적혀 있지?"

"당신들, 사이 나쁜 척한 것도 다 이 연계 공격을 위한 거였냐?!"

좀 전에 선배가 카페를 나서기 전에 핸드폰으로 체크한 메일이 이거였구나…….

그것보다 이 여성 2인조는 대체 무슨 속셈으로 이런 짓을 벌인 거지?

당신들이 이런 짓을 벌일 정도의 오타쿠 자산 가치가 내게 있기라도 한 거야……?

"저기, 윤리 군."

"예에……."

아무튼, 플래그는 꺾일 기색조차 보이지 않은 채 몇 초 전의 상황으로 되돌아갔다.

"나를 찾아다닌 거야?"

"아니, 그게…… 예."

이 상황에서 거짓말을 해본들 아무런 의미도 없다.

"그러다 막차까지 놓친 거야?"

"뭐…… 예."

거짓말을 해서는 안 된다.

"정말, 바보라니깐……."

"……그야, 뭐…… 예."

내가 솔직해지면, 우타하 선배는 아주 약간 상냥해진다.

그 사실을 기쁘게 생각하는 나는 뭐랄까, 못 말릴 녀석이다.

“…….”

“…….”

선배는 입을 다물었다.

선배가 방금 상냥함이 깃든 말을 입에 담아서일까, 방 안은 따뜻한 분위기로 가득 차 있었다.

“…….”

“저기, 선배.”

“…….”

내가 말을 걸어도, 선배는 대답하지 않았다.

그저, 내 어깨에서 느껴지는 압박감이 서서히 강해졌다.

그녀가 내 어깨에 머리를 얹은 것이다.

“…….”

“……잠들었어요?”

“아니.”

“그럴 줄 알았어요~.”

이건 즉…….

뒷일은 나에게 맡긴다는 뜻일까?

반년 전, 농담인지 진심인지도 확인하지 않은 채 도망친 나에게.

선배가 ‘윤리 군’이라 부르게 된 나에게.

“…….”

“…….”

가르쳐줘, 하느님.

나는 어떻게 하면 돼?

앞으로 몇 번이나 그녀와 이런 상황에 처하면 되지?

방통○는 아무 말도 해주지 않아……. 가르쳐줘, 하느님!

※ ※ ※

창 너머로 와고 시의 야경이 보였다.

창밖의 야경은 여전히 정적에 휩싸여 있었다.

"……선배."

"…………."

이 방 안에는 우타하 선배가 있다.

그녀는 여전히 정적에 휩싸여 있었다.

그렇다면, 이 정적을 깨는 것은 남자인 내 역할일 것이다.

"저, 오늘 로쿠텐바 몰에 갔어요."

"카토 양과 데이트한 거야?"

"데이트일지도 모르지만, 저한테 있어서는 어디까지나 취재였어요."

"……."

아주 약간, 선배의 몸이 경직된 듯한 느낌이 들었다.

아주 약간, 선배의 체온이 내려간 듯한 느낌이 들었다.

"전철과 셔틀버스를 갈아타면서 두 시간가량이나 가야

했어요. 게다가 오픈한 지 얼마 안 되어서 그런지 엄청 붐비더라고요. 그리고 거기 도착하자마자 속이 안 좋아져서—."

"그래도…… 즐거웠지?"

"예. 엄청요."

"……."

주저 없이 대답할 수 있을 만큼, 오늘은 정말 즐거웠다.

쓰러질 뻔한 나를, 걱정해줬다.

그러고도 돌아가지 않겠다고 고집 부리는 나를, 말리지 않았다.

가고 싶은 가게를, 솔직하게, 숨김없이, 주저 없이 말해줬다.

가게에 들를 때마다 쇼핑과 윈도쇼핑을 만끽해줬다.

예상 시간을 약간 오버할 만큼 즐거워해줬다.

무리해서라도 체크한 가게를 전부 돌아보고 싶다면서 억지를 부려줬다.

쇼핑몰 안을 뛰어다니는 나를 필사적으로 뒤쫓았다.

게다가…… 싫은 기색 한 번 내비치지 않았다.

그리고 자연스럽게…… 아니, 아주 약간 특별하게, 나에게 답례를 해줬다.

내가 그 답례에 어설프게나마 보답하자, 역시 아주 약간 특별하게 받아줬다.

케이크를 게걸스럽게 먹는 나를, 약간 질린 듯한 반응을 보이면서도 계속 바라봐줬다.

데이트틱한 대화로 이어졌을 때도, 멍한 태도를 적당히 취해 분위기를 환기시켜줬다.

이런 분위기에 익숙하지 않은 내가 부끄러워하지 않도록 친구처럼 행동해줬다.

하지만 내가 도중에 돌아가겠다고 말했을 때는 약간 의아한 표정을 지어줬다.

하지만 내가 사정을 설명하자, 납득해줬다.

그리고 헤어지는 순간, 나를 향해 미소를 지어줬다.

정말, 즐거웠다…….

어웨이인데도, 끝내주게 즐거웠다.

나는 카토 때문에 어쩔 수 없이 어웨이로 끌려갔다.

하지만, 카토 덕분에 즐거웠다.

그녀는 나를 버리고 가지 않았고, 그렇다고 나를 다른 색깔로 물들이지도 않았다.

내가 오버해도 그녀가 균형을 맞춰줬다. 특유의 멍한 표정을 지으면서 말이다.

내가 이상한 짓을 해도 그녀가 중화시켜줬다. 남들 눈에 띄지 않는 그녀 덕분에 플러스마이너스 제로가 된 것이다.

평범한 카토와 함께였기에 즐거웠다.

나는, 어웨이에서 편안함을 느낄 수 있었다…….

"……."

"……."

내가 거기까지 이야기했을 즈음에는 조금 전까지 어깨에서 느껴지던 선배의 감촉과 체온이 느껴지지 않았다.

그저, 선배의 체취만이 희미하게 남아 있을 뿐이었다.

"그래서……?"

그리고 그녀의 목소리 또한 평소처럼 낮고 차가워졌다.

"나, 지금 호되게 차인 거야?"

"지, 지금 그런 이야기 하는 게 아니잖아요."

"그럼 적당히 둘러대면서 나중으로 미루려는 거야?"

"동정 오타쿠에게 그렇게 허들 높은 짓을 요구하지 말라고요!"

이 말을 하면서도 떨려서 죽을 것 같다고.

뭐, 선배가 나를 놀리는 것뿐일 확률이 한 80%는 된다고 생각한다.

……참고로 말하자면, 내가 이 이야기를 미루자고 하면 『좋아. 그렇게 하자.』라고 선배가 말할 것 같은 느낌이 들었다. 한 80% 정도의 확률로 말이다.

아아, 땀이 너무 나서 온몸이 끈적해. 샤워라도 했으면 좋겠지만, 선배가 파놓은 함정에 제 발로 들어갈 수야 없지.

『이대로 작업을 진행했다간…… 나는 즐겁지 않을 거야.』

"그래서…… 선배의 플롯은 NG인 거예요."

하지만 나는 미친 듯이 뛰는 가슴을 필사적으로 진정시키면서…….

드디어, 본론에 들어갔다.

※ ※ ※

"선배의 플롯은 확실히 재미있어요. 장대하고, 스케일도 크며, 초대작이라는 느낌이 물씬 나는……."

"그건 전부 같은 말이야, 윤리 군."

"……으음, 그럼 엄청나다, 로 정정할게요."

드디어, 시작되었다.

금요일까지 끝낼 예정이었던 플롯 관련 협의 말이다.

"내 플롯을 그렇게 입에 침이 마르도록 칭송했으면서, 왜 NG라는 거야?"

"……………………이 플롯에는 몇 세대에 걸친 인연밖에 없어요. 기구한 운명밖에 없어요. 피의 숙명밖에 없어요."

"……방금 그 세 표현이 겹치지 않는지 말하기 전에 필사적으로 체크했지?"

농담을 던진 선배의 표정은 진지하기 그지없었다.

"이 플롯에는 일상을 되찾는 전개가 없어요. 메구리가…… 루리가 아니라, 평범한 여자 동급생이 되돌아오는 결말이 없다고요."

"그건……."

"왜 그걸 안 넣은 거죠? 왜 이 귀여운 애를 묻어버리고 만 거죠?"

"그러지 않으면 루리가 사라진단 말이야."

침대 위에 나란히 앉아 있던 우리는 어느새 테이블을 사이에 두고 의자에 마주 보고 앉아 있었다.

"루리가 사라져버리면 과거 편에 아무런 의미도 없어져. 몇 세대에 걸쳐 쌓아온 스토리의 근간이 무너져버리고 말아."

"하지만 현재의 세이지는 루리만이 아니라 메구리도 소중하게 여기지 않을까요? 특히 공통 파트에서는 기억이 돌아오기 전의 메구리와 가깝게 지냈잖아요!"

"……그 애가 현대의 메구리인지 아닌지에 관해서는 의견이 나뉠 거야."

"그게 무슨 소리죠?"

"메구리는 과거의 기억을 계승한 채 태어났어. 그러니 메구리의 인격 형성에 과거의 기억이 영향을 끼치지 않았을 리가 없어.”

“설령 그렇다고 해도, 아무리 메구리의 본질이 루리라고 해도, 나는 그녀가 살아오면서 쌓아온 기억과 성격이 사라져선 안 된다고 생각해요!”

“뭐…….”

그리고 격렬한 논쟁을 벌였다.

“메구리는 과거의 기억 때문에 고민하거나, 휘둘리기도 해요. 그 기억 때문에 인생이 비틀리기도 하고, 전생에서 인연을 쌓아온 상대를 좋아하게 될지도 몰라요.”

마치 말다툼을 하듯 서로의 의견을 털어놓았고, 잘못된 부분이 있으면 주저 없이 지적했다.

때로는 언성을 높이며 책상을 내려치기도 했다.

우리는 그만큼 진지하고, 격렬하게 논쟁을 벌였다.

“하지만 부모님에게 평범하게 사랑받고, 학교에 평범하게 다니다, 한 남자애와 평범하게 만나, 사랑에 빠지는…… 메구리만의 의지와 역사, 기억만으로 살아온 부분을 좀 더 소중히 해도 되잖아요!”

“으…….”

그래서 선배의 목욕 가운의 앞섶 사이로 무언가가 튀어나오려 하는 것도 이야기에 너무 열중해서 눈치채지 못한 것이다. 틀림없다. 그걸 지적했다간 이야기의 맥이 끊기리라.

"나, 평범한 여자애와 평범하게 같이 노는 것도 즐거웠어요."

누군가가 우리의 이야기를 듣는다면, 바보 같은 논의를 하고 있다고 생각하리라.

"어웨이에서도, 카토가…… 아니, 메구리가 곁에 있어주면 즐거울 거라고 생각해요. 메구리와 보내는 평범한 일상도, 정말 즐거울 거예요."

완성되지도 않은 게임의, 아직 쓰지도 않은 스토리의, 그저 종이와 컴퓨터 디스플레이에 존재하는, 아직 기호에 불과한 캐릭터의 인생을 진심으로 걱정하며, 그와 그녀를 행복으로 이끌어주려 했다.

"그래서 운명에 지지 않고 일상을 되찾는 전개가 있었으면 좋겠어요. 그녀를 속박하는 전생의 인연에게, 평범한 사랑이 승리하는 루트가 있었으면 좋겠다고요!"

하지만 지금이라면 딱 잘라고 말할 수 있다.

그런 이들이 바로 오타쿠라고…….

"그게 재미있을까?"

"예! ……아니, 적어도 저는 충분한 재미를 느낄 거라고 생각해요."

"그렇다면 그 의견을 무시할 수는 없겠네. 항상 시장의 평가와 맞물려왔던 네 감성을 고려하지 않을 수는 없으니까 말이야."

"그럼…… 제 뜻대로 해주는 거죠? 나는 메구리와 더 러브러브하고 싶다고요!"

뜨겁고, 멍청하고, 징그럽지만…….

그래도 사랑받아 마땅한 인종이라고……. 적어도 가까운 이들의 입장에서 본다면 말이다.

"하지만…… 지금 플롯에 그런 스토리를 넣는 건 힘들 거야."

"알아요. 그래서 계속 마음에 걸렸던 거예요. ……선배의 플롯은 너무 빡빡해서 그런 이야기를 넣을 여지가 없잖아요."

"어쩔 수 없어. 처음부터 그런 전개를 배제하고 시작했거든. 나는 그걸 불순물이라고 생각했어."

"그럼 다시 처음부터 생각해보죠!"

"처음, 부터?"

"전반부에 묘사를 추가하거나, 중반부에 장면을 추가하거나, 종반부에 루트 자체를 추가하는 거예요. ……지금이라면 그런 수정도 가능하겠죠?"

"……."

"선배?"

나는 오타쿠답게 이렇게 불타오르고 있는데도, 선배는 별다른 반응을 보이지 않았다. 팔짱을 푼 그녀는 눈을 감더니 지칠 대로 지친 표정을 지었다.

그리고 한동안 침묵을 지키던 그녀는 목소리를 쥐어짜내 말했다.

"그럼 루리를 죽일 거야?"

"아……."

선배는 나와는 다른 캐릭터를, 나에게 버금갈 만큼 아끼고 있었다.

"너는…… 역시 과거의 인연보다, 현재의 마음을 중요하게 여기는 거야?"

"선배……?"

그것은 너무나도 차가우면서, 그와 동시에 펄펄 끓는 것처럼 뜨거운 토로(吐露)였다.

"그렇다면 처음부터 다시 만드는 편이 낫겠네……. 응, 그러면 깔끔하게 체념할 수 있을 거야."

내 주장을 인정하면서도 자신의 생각을 포기하지 못한 듯한 그녀는 아쉬움에 찬 목소리로 말했다.

그렇다. 우타하 선배는 나의 이 뜨거운 열의에 따라오지 못한 것이 아니다.

그저, 그녀에게도, 오타쿠로서 양보할 수 없는 고집이 있을 뿐인 것이다.

그렇다면 나는…….

"남겨두죠."

"뭐……."

나는 선배의 이 차가운 열의와 함께 앞으로 나아가기로 결심했다.

"제가 메구리를 밀기는 하지만, 루리도 엄청 마음에 들었어요. 저, 과거의 기억에 얽매인 관계 같은 것도 엄청 좋아하거든요."

"윤…… 토모야 군?"

"맹목적으로 자신을 따라주는 캐릭터도 매력적이잖아요? 『오빠』나 『오라버니』 같은 호칭도 엄청 모에하고요."

"……뭐야. 그냥 지조가 없을 뿐이잖아."

"지조 같은 거 없어도 되잖아요. 양쪽 다 선택할 수 있다면 최고 아닐까요? 그편이 유저들의 요망(要望)에도 폭넓게 대응할 수 있을 거예요."

"후후……."

내 결단을 들은 선배는 평소처럼 약간 차가운 느낌이 도는 미소를 지으면서 받아들여줬다.

선배가 그런 반응을 보여주자, 나는 너무나도 기뻤다.

"자, 그럼 지금부터 플롯을 수정하죠! 일단 선택지를 추가해서, 마지막에 가서 메구리와 루리 중 한 명을 선택할 수 있게 해요!"

"즉, 최종 권까지 누구를 선택할지 알 수 없다는 거구나?"

"게임 안에서는 그럴 거예요!"

※ ※ ※

"이런 느낌이면 되겠어?"

"아, 캐릭터성을 좀 더 약하게 만들죠."

"……더 줄이게? 그러면 지나가던 일반인 수준인데?"

"가능하면 클래스메이트B 같은 느낌이었으면 좋겠어요……. 클래스메이트A의 어이없는 개그에 대충 맞장구 쳐주는 포지션이면 딱일 것 같아요!"

"그렇게 해서 대체 뭘 표현하려는 건지 나는 모르겠어……."

"마음 편히 대할 수 있는 히로인이랄까…… 힐링 계열 히로인?"

"이미 충분히 카토 양과 비슷한 캐릭터가 된 것 같은데……."

"……카토와 똑같이 만들어달라고는 한마디도 안 했는데요?"

"좀 전부터 네가 하는 요구가 계속 그런 느낌인데?"

"그, 그럼 어쩔 수 없네요. 그냥 카토를 기준으로 짜보죠."

"이제 와서 그런 소리 할 필요는 없을 것 같은데……."

현재 시각은 오전 세 시.

우리의 「수정 작업」은 클라이맥스에 접어들었다.

우리는 우선 캐릭터부터 수정했다.

우타하 선배가 주는 캐릭터의 대사 샘플에 내가 수정 지시를 내리고, 선배가 내 지시에 따라 대사와 캐릭터를 수정하기를 반복했다.

「캐릭터가 너무 강하다」는 이유로 재작업에 들어간 것은 이것으로 세 번째이다.

선배가 "어디까지나 샘플이니 캐릭터성이 확대될 수밖에 없잖아." 같은 우는소리를 해도 전부 무시했다.

창작이란 이렇게 잔혹한 것이었군…….

"뭐랄까…… 좀 더 다가가기 어려우면서도, 한편으론 손쉽게 넘어와야 하지 않을까요?"

"그 두 개를 어떻게 동시에 성립시키라는 거야?"

"으음, 예를 들자면 말이에요. 반걸음 정도는 쉽게 다가갈 수 있지만, 아무리 노력해도 반걸음 더 다가가는 것은 무리인 것 같은 느낌이랄까요?"

"아킬레스와 거북이의 경주[#7]?"

#7 아킬레스와 거북이의 경주 그리스의 철학자 제논이 제시한 역설. 그리스의 영웅 아킬레스가 앞서 달리는 거북이와 달리기 시합을 한다면, 아킬레스는 거북이를 영원히 따라잡을 수 없다는 내용.

"예. 그런 미묘한 평온과 짜증 나는 안도감, 그리고 애타는 절망감을 유저들도 한껏 맛볼 수 있게 해주고 싶어요."

"미안하지만 설명을 들어도 무슨 말인지 모르겠어."

창 너머로 보이는 불빛의 숫자도 이 방에 막 들어왔을 때에 비해 확연히 줄었다.

그리고 선배는 여전히 노트북의 키보드를 두드리면서 내 지시를 화면에 반영했다.

하지만 나는 그녀가 나를 부를 때 외에는 그쪽을 쳐다보지 않았다. 그저 서서히 어둠에 삼켜지는 와고 시의 풍경을 눈동자에 새겼다.

내 태도가 조금 차가워 보일지도 모르지만 어쩔 수 없다.

왜냐하면 창문에 비친 선배의 모습은…….

"으~~~!"

알몸이다! 아니, 앞섶이 벌어졌다! 정확히 말하자면 가운을 풀어 헤친 거나 다름없는 상태라고!

"이 정도로 캐릭터성을 약하게 해두면, 캐릭터의 자그마한 변화만으로도 유저들은 가슴이 두근거리면서 이 캐릭터가 엄청 귀여워 보일 거예요."

"갭 모에 같은 거야?"

"예. 비슷한 거예요. 하지만 그 상태에서 고정시킬 수는 없어요. '아, 얘 귀엽네.' 같은 생각을 한 직후에 평소의 멍한 카토……가 아니라, 캐릭터로 되돌아오게 하는 거죠."

"……그냥 카토 양이라고 말해도 돼."

"그런 귀여운 순간을 『웨트(Wet)』, 평소를 『플랫(Flat)』으로 표현한다면, 전체적인 배분은 플랫, 플랫, 웨트, 플랫, 플랫, 플랫, 플랫, 웨트…… 같은 느낌으로 가죠."

"어, 어려워……."

"우타하 선배라면 할 수 있어요! 아니, 선배 외에는 아무도 못 해요!"

"언젠가 반드시 ○○해주겠어……."

※ ※ ※

"음, 바로 이거예요! 무지 쬐끔 모에한 바로 이 느낌! 이게 바로 카토 메구미……가 아니라 카노 메구리!"

"……그럼 이 캐릭터와 친밀해지는 방향으로 플롯을 고칠게."

오전 네 시.

드디어 캐릭터가 완성되었다.

……이렇게 감격스러운 순간을 맞이한 나의 텐션은 천정부지로 치솟았지만, 우타하 선배의 텐션은 바닥을 치는 중이었다.

아무래도 졸려서 그런 것 같았다. 뭐, 나도 죽도록 졸렸다.
"그럼 오늘은 이쯤에서 끝내죠."
"그래. 너는 먼저 눈 좀 붙이도록 해."
"예? 선배는요?"
"나는…… 저 안에서 작업을 계속할 거야."
선배가 노트북을 들면서 손가락으로 가리킨 곳은 방구석에 있는 화장실의 문이었다.
"어…… 왜, 왜요?"
"그러면 윤리 군도 안심이 되지 않겠어?"
"딱히 안심하고 말 것도 없거든요?!"
보통 저런 말은 남자가 여자에게 하겠지만, 나와 선배는 완전 정반대군…….
"해뜨기 전에 어느 정도 윤곽을 잡아둬야만 해. 낮에 마치다 씨와 만나서 회의를 하기로 했거든."
"그럼…… 밤샘 작업?"
"작가에게는 흔한 일이야."
우타하 선배는 별것 아니라는 듯이 그렇게 말했다.
확실히 이렇게 밤샘 작업이 많다면 평소에 졸려 하는 것도 무리는 아니었다.
선배는 이런 상황에서 학업 성적도 최상위권을 유지하고 있는 것이다. 정말 한계를 알 수 없는 사람이다.
"그리고 지금부터는 플롯을 쓸 거니까, 저기, 그러니

까…….”

“아…….”

그 순간, 나와 선배의 머릿속에 떠오른 영상은 아마 같은 것이리라.

있는 힘껏 키보드를 두드리면서, 귀신이라도 빙의된 것처럼 웃어대는 우타하 선배…….

확실히 그 광경을 다른 사람에게 보여주는 것은 선배에게 있어 고통스러운 일이리라.

하지만…….

“그러니까 먼저 눈 좀 붙—.”

“여기서 써요.”

“뭐?”

“아니면 제가 화장실에 들어가 있을까요? 선배가 정 저한테 그 모습을 보여주기 싫다면 제가 들어가 있을게요.”

“윤리 군…….”

젊은 여고생이 화장실 변기에 앉아 키보드를 두드리는 것은 왠지 화장실에서 혼자 밥 먹는 것에 버금갈 만큼 쓸쓸한 짓 같다는 생각이 들었다.

게다가 변기에 노트북을 빠뜨리기라도 하면 큰일 날 것이다.

“그리고 디렉터나 편집자가 마감 직전인 작가를 밤새도록 감시하는 건 흔한 일이잖아요. 이제 와서 부끄러워할 필요는 없지 않아요?"

"……나를 환멸하게 될지도 몰라."

"환멸 같은 거 안 해요. 그리고 환멸 같은 걸 할 만큼 선배에게 좋은 인상을 가지고 있지도 않고요."

밤샘을 한 탓에 정신이 반쯤 나간 내가 겁도 없이 그런 소리를 해대자, 우타하 선배는 환한 미소를 지으면서 나를 바라보았다.

차분하게 생각해보니 "아침까지 같이 있어줘."라고 말한 거나 다름없군…….

"그럼…… 해가 뜰 때까지 나랑 함께 해주겠어?"

"물론이죠! 제가 졸면 두들겨 패서라도 깨워주세요."

그래도 상관없다.

웃어줘, 우타하 선배.

평소처럼 크리에이터의 본성을 마구 드러내면서 말이야.

나는 그런 카스미 우타코 선생님의 팬이거든.

※ ※ ※

…………같은 생각을 한 것은 분명 내 인식이 물러 터졌기 때문이리라.

"젠장, 젠장, 젠자아아앙!"

"서, 선배……?"

"이 녀석, 뭐야?! 이 여자는 대체 뭐냔 말이야?! 나중에 튀어나와서 왜 내 남자를 빼앗아 가는 건데?!"

미친 듯이 웃어대기만 하는 줄 알았더니…… 이런 식으로도 폭주하는구나…….

"죽여버리겠어…… 죽여버리고 말겠어! 너 따위가 내 환생이라는 걸 인정할 수 없어!"

"그, 그, 그, 그만해요!"

"사랑하는데…… 이렇게 사랑하는데! 왜 내 마음을 몰라주는 거야?!"

솔직히 말해, 루리가 선배에게 빙의될 수도 있다는 사실을 까맣게 잊고 있었다.

우타하 선배는 현재, 사랑하는 오빠를 손녀에게 빼앗기고 광분한 수라(修羅)(얀데레) 같은 여동생…….

"뭐야! 작가는 사랑을 하면 안 되는 거야?! 팬을 진심으로 사랑하면 안 되는 거냔 말이야!"

"그, 그건 루리의 대사가 아닌 것 같은데요?!"

여자……가 아니라…….

크리에이터의 본성은…… 정말 무시무시하구나.

※ ※ ※

"좋은 아침."

"……."

"좋은 아침이야, 윤리 군."

"어……?"

눈을 뜬 순간, 뜨거운 아침 햇살이 내 눈앞으로 스며들어 왔다.

그 햇살과 함께 내 눈에 들어온 것은 창 너머로 보이는 와고 시의 빌딩 숲.

그리고…….

"잘 잤어?"

"히익?!"

그리고, 수라 같은 여동생―.

"왜 그렇게 놀라는 거야? 아직 잠이 덜 깬 거야?"

"자, 잠이 덜 깼다고요?"

―이 아니라, 수라(얀데레) 같은 우타하 선배였다.

……어이, 선배한테까지 그런 표현을 쓸 필요는 없잖아.

"가위에 눌린 것 같던데 괜찮아? 혹시 나쁜 꿈이라도 꿨어?"

"아, 제가 가위에 눌린 건 꿈 때문이 아니라, 좀 전의 우타하 선배―."

"그것도 전부 꿈이었어. ……내 말, 무슨 뜻인지 알지?"

"무, 물론입죠."

바로 그 순간, 「좀 전의 우타하 선배」가 되돌아오려는 기색을 느낀 나는 바로 꿀 먹은 벙어리가 되었다.

시계를 보니 여덟 시가 다 되어 갔다.

해가 뜨고 꽤 시간이 지났군……. 이불을 뒤집어쓰고 자서 해가 뜬 줄도 몰랐네.

그리고 이불을 뒤집어쓰고 자면서 더웠는지 셔츠와 청바지를 벗어버린 나는 첫 체험 후 아침을 맞이한 여자애처럼 허둥지둥 이불로 몸을 가렸다.

"하아아암~. ……어라?"

"왜 그래?"

눈을 비비면서 다시 우타하 선배 쪽을 본 나는 조금 전부터 느꼈던 위화감의 정체가 무엇인지 눈치챘다.

"아침 먹으러 가는 거예요?"

우타하 선배는 옷을 입고 있었다. 그것도 교복을 말이다.

그렇다면, 내 눈앞에서 치마와 스타킹을 신은 거겠지?

으음, 못 봐서 아쉽……지는 않다고!

"아니, 나는 이만 나가봐야 해."

"이, 이렇게 일찍요?"

"오후에 모의고사가 있어. 그래서 오늘 회의는 아침 여덟 시부터 하기로 했어."

아하, 그래서 교복을 입은 거구나. 그건 그렇고…….

"고생이 많네요."

"좋아서 하는 거니까, 이 정도쯤은 아무것도 아냐."

정말 활력이 넘치는 사람이라니깐…….

학교에서는 이 마신(魔神) 같은 본성을 감추고 있지만 말이야.

남자 중에서 그녀의 본성을 아는 사람은 아마 나뿐인걸?

하지만 그녀는 강하고, 믿음직하고…… 아름다울 뿐만 아니라 지적이며, 매력적이기까지 하다.

때때로 거무튀튀한 본성을 유감없이 드러내지만 말이다.

하지만 내가 진심으로 존경하는 작가이자, 정말 좋은 여성이다.

왜 나는, 이런 사람과…….

왜 나는, 이렇게 엇갈려버리고 만 것일까.

어젯밤에도 단둘이서 밤을 지새웠는데, 왜…….

"꽤 피곤해 보이네. 격렬했던 어젯밤의 여운에 취한 거야?"

"어젯밤에 우리가 격렬하게 한 건 플롯 작업이잖아요!"

"두 사람에게는 이야기하지 않을 거니까 걱정하지 마."

"그 두 사람은 대체 누구와 누구예요?!"

그래. 우리가 어긋나버리고 만 건 선배의 노골적인 언동 때문이 분명해.

윤리 군은 아무 잘못도 없다고.

"체크아웃은 열 시까지 해줘. 숙박료는 이미 지불했으니까 열쇠만 반납하면 돼."

"아, 예……."

나를 놀리는 데 싫증이 났는지 우타하 선배는 자기 짐을 챙긴 후 객실 문을 열었다.

그리고 객실 밖으로 나간 선배는 문을 반쯤 닫은 상태에서 낮은 목소리로 말했다.

"어젯밤에는 정말 기뻤어."

"그러니까 그 농담은 이제 그만—."

"너와 함께 작업하는 게 정말 즐겁다는 걸 다시 한 번 느꼈어."

"아……."

그것은 농담도, 비아냥도, 독설도 아니었다.

"크리에이터의 세계에 온 걸 환영해, 아키 토모야 군."

그것은 동업자로서의 격려.

"너라면 분명 해낼 수 있어."

그것은 선배로서의 신뢰.

"너에게는 내가 전력을 다하게 만들고도 남을 정도의 정열이 있어. 그리고 그 정열 못지않은 발상력과 표현력도 지녔어."

그것은 아주 약간의, 여자로서의 애교.

"예전의 나는 단 한 명의 팬을 위해 피를 토하면서 글을 써나갔어."

지금 생각해보면, 예전의 나는 작가 앞에서 작품이 앞으로 전개될 방향에 대해 이야기하는, 겁 없는 팬이었다.

"끈질기고, 성가실 뿐만 아니라, 민폐 덩어리인 팬에게 한 방 먹여주고 싶어서 수도 없이 작품을 뜯어고치고, 편집자와도 싸웠어……. 하지만 내 마음만은 꺾이지 않았어."

하지만 때로는 그 소망에 대한 대답이, 때로는 안티테제가…….

"그러니 나도 네가 그러길 바라겠어."

『사랑에 빠진 메트로놈』의 후반부에는 그런 보물이 잔뜩 숨겨져 있었던 것이다…….

"……설령, 그것이 나 외의 다른 누군가를 위한 것일지라도 말이야."

나는 그 보물을…… 건네받았다.

"앞으로도 잘 부탁해. ……함께 피를 토하자. 응?"

그래서 이번에는, 언젠가는 이 보물을 돌려줄 수 있으면 좋겠다고…… 진심으로 생각했다.

"그런고로, 나는 윤리 군의 안티 제1호야."

"……예."

"팬이 아닌 거야?!"

라고 말하지는 않았다.

그런 무례한 딴죽은 새로운 첫발을 내디딘 우리와는 어울리지 않으니까.

에필로그 1 혹은 제5.5장

"잘못했어, 카토! 이 빚은 다음에 꼭 갚을게!"

로쿠텐바 몰의 케이크 뷔페.

대량의 커플과 여성 손님들로 붐비는 토요일 저녁 시간대.

테이블에 이마가 닿을 만큼 고개를 푹 숙인 나, 그리고 맞은편에 앉은 카토는 수많은 이들의 시선을 한 몸에 받으며 부끄러워했다.

그리고 자신보다 카토가 느끼는 부끄러움이 압도적일 만큼 클 것이라는 생각이 든 나는 그녀에게 미안해 죽을 것만 같았다.

"괘, 괜찮으니까 그렇게 미안해할 필요 없어."

"그래……. 고마워."

방금, 나는 카토에게 솔직하게 말했다.

『우타하 선배의 플롯에서 느낀 위화감의 정체를 찾기 위해.』

오늘 데이트는 그런 불순한 목적에서 비롯된 것이라는 사실을.

그리고 카토와 함께 이곳에 와서 얻은 성과를.

그에 따라 내가 지금 바로 해야 하는 일을.

우타하 선배를 만나러 가야 한다는 것을…….

"한 번 결심하면 가만히 있지를 못 하는구나. 정말 아키 군다워."

"나, 답다고?"

"참을성이 없다고나 할까, 주위를 둘러보지 않는다고나 할까, 제멋대로라고나 할까……."

"죄송합니다요, 죄송합니다요, 죄송합니다요."

"아, 딱히 나쁜 뜻에서 한 말은 아냐."

"방금 네가 쓴 표현의 어디에 좋은 뜻이 들어 있는지 물어보고 싶은데 말이야."

여성 입장에서는 잔인하게 들릴 수 있는 나의 말을 듣고도 평소처럼 멍한 표정을 지은 카토는 상냥함이 깃든 눈빛으로 나를 바라보면서 말했다.

"그럼 서둘러야 하지 않아? 거기 도착하면 밤이 되고 말 거야."

"하지만……."

"나는 조금만 더 있다가 돌아갈게. 조금만 더 소화를 시키면 케이크 하나 정도는 더 먹을 수 있을 것 같거든."

"그렇구나……. 알았어. 이렇게 너 혼자 두고 가게 되어서 정말 미안해."

"아마 같이 가나 따로 가나 별 차이 없을 거야. 우리 둘 다 열차 안에서 곯아떨어져버릴걸?"

"그건, 뭐…… 나는 십중팔구 꿈나라에 갈 거야."

"나도 그래. 실은 나, 오늘 아침 다섯 시에 일어났어."

"나는 거의 밤샘을 했다고!"

"아하하. 기합이 잔뜩 들어갔었구나."

나는 평소와 다름없어 보이는 카토가 너무나도 고마웠다.

정말, 카토와 같이 있으면 따뜻한 물에 목욕하는 것처럼 기분이 좋았다.

이 느낌을 게임 안에서도 반드시 표현하고 말겠다…….

"그럼 먼저 갈게!"

"참. 아키 군."

"왜?"

"카스미가오카 선배와 꼭 화해해. 다음 주 월요일에는 카스미가오카 선배가 시청각실에 올 수 있게끔 말이야."

"그래. 나만 믿어!"

나는 이제 뒤돌아보지 않았다.

분명 평소처럼 캐릭터성이 느껴지지 않는 미소를 짓고 있을 카토를 남겨둔 채, 나는 케이크 뷔페에서 나갔다.

……계산서를 두고 오기는 했지만, 월요일에 카토를 만나

서 내 몫을 주면 되겠지.

※ ※ ※

"휴우…………. 자, 그럼 나도 돌아가야지."

"아, 움직이지 마."

"사…… 사와무라 양?!"

"안녕, 카토 양."

"사와무라 양이 왜 여기 있는 거야?"

"우연이야."

"그런 우연은 이 세상에 존재하지 않을 것 같은데?"

"그래서 인생은 재미있는 거야."

"왜 스케치북을 들고 있는 거야?"

"미술부 부원의 필수품이야."

"그, 그럼 왜 지금 스케치를 하는 거야? 그것도 나를 말이야."

"움직이지 말라고 했잖아!"

"으, 응!"

※ ※ ※

"……."

“……”

“저기, 사와무라 양.”

“움직이지 말라고 몇 번을 말하면 알아들을 거야?”

“입을 움직이는 것만 허락해줘.”

“하고 싶은 말이 뭐야? 좀 전에도 말했지만, 내가 여기 있는 건 어디까지나 우연—.”

“응. 그거에 대해선 무슨 말을 해도 의미가 없을 것 같으니까 안 물을게.”

“……말 한 마디 한 마디가 거슬리네. 아무튼, 그래서?”

“전부터 생각했는데…… 사와무라 양은 아키 군이 그렇게 싫어?”

“대체 왜 그런 결론이…… 왜 이제 와서 그렇게 당연한 걸 묻는 거야?”

“으음, 방금 사와무라 양이 하다 만 말은—.”

“이야기의 허리 좀 그만 잘라먹고, 하던 말이나 계속해봐.”

“사와무라 양과 아키 군은 소꿉친구 맞지? 그런데 왜 아키 군만 보면 못 잡아먹어 안달이 나는 거야?”

“그런 인간쓰레기와 오랫동안 알고 지내다 보니 혐오감도 그만큼 커졌을 뿐이야.”

“그래도 나쁜 사람은 아니잖아.”

“그 녀석은 최악, 극악, 불필요악이야.”

“약간 짜증 나는 구석이 있기는 하지만, 무슨 일에든 열심이고, 행동력도 있어.”

“엄청 짜증 나고, 열심히 남의 발목을 잡는 데다, 쓸데없이 행동력만 있어.”

“사와무라 양은 남 험담을 할 때도 전력을 다하는구나.”

“게다가 잘 질릴 뿐만 아니라, 배신도 밥 먹듯이 해. 게다가 바람둥이야.”

“아키 군, 바람피운 적도 있어?”

“응. 방금 그랬잖아.”

“뭐?”

“그 녀석, 한창 데이트 중에 다른 여자(카스미가오카 우타하)를 만나러 가버렸잖아. 바람맞은 기분이 어때?”

“그건 우리 서클을 위한 일이잖아. 그리고 오늘 우리가 한 건 데이트가—.”

“그 정도 변명으로 납득하는 거야?”

“변명이 아니라고 생각해. 카스미가오카 선배는 소중한 동료이고, 게임 제작에 꼭 필요한 중요한 사람이잖아.”

“그래. 소중하고 중요한 사람이야. 그 바보(토모야)에게 있어서도 말이야.”

“그리고, 나도 그 두 사람이 빨리 화해했으면 좋겠어.”

“흐음…….”

“어? 내가 이상한 말이라도 했어?”

"아니……."

"아, 그런데 말이야."

"왜?"

"사와무라 양과 이렇게 단둘이서 이야기하는 건 처음 맞지?"

"그랬어?"

"응. 서클에는 다른 사람들도 있고, 그 외에는 접점이 없잖아."

"……그럴지도 모르겠네."

"그렇게 보면 오늘의 이 「우연」에 감사해야 할지도 모르겠네. 아하하."

"……."

"저기, 사와무라 양은……."

"다 됐다!"

"어, 뭐가?"

"자, 봐! 이게 카토 양의 『뾰로통한 표정』이야!"

"……."

"잘 그렸지? 응, 드디어 네 특징을 파악했어."

"……나, 이런 표정 지은 적 없어."

"지었는데? 당신, 좀 전부터 계속 이런 표정 짓고 있었어."

"안 지었어. 나, 하나도 화 안 났단 말이야……."

“역시 겉으로 드러나는 감정보다, 내면에서 배어 나오는 감정이 훨씬 파악하기 편하다니깐.”

“…….”

“덕분에 쉽게 그렸어. 이것만으로도 오늘 여기까지 온 보람이 있어. ……응. 카토 양의 표정, 정말 좋아.”

“……사와무라 양은 보기보다 나쁜 사람이구나.”

에필로그 2

『프런트입니다. 쉬시는 데 방해해서 정말 죄송합니다.』

"아, 예……."

전화 벨 소리를 듣고 깬 내가 수화기를 들자, 수화기에서 차분한 남자 목소리가 흘러나왔다.

『체크아웃 시간이 지났습니다만…… 숙박 시간을 연장하시겠습니까?』

"아, 아뇨. 금방 나갈게요!"

전화기 옆에 있는 시계를 보니 현재 시각은 10시 10분…….

우타하 선배가 나간 후에 또 잠이 든 것 같았다. 그리고 그대로 두 시간가량 곯아떨어졌던 것 같았다.

나는 허둥지둥 수화기를 내려놓은 후, 주변에 벗어놓은 옷을 주웠다.

잠결에 대충 벗은 탓에, 방바닥에는 셔츠와 청바지뿐만

아니라 바지 호주머니에서 흘러나온 지갑과 키홀더 같은 것도 굴러다니고 있었다.

"어라……."

그중에서 핸드폰을 주워 든 나는 메일 착신을 알리는 램프가 반짝이고 있다는 사실을 눈치챘다.

잠이 덜 깬 나는 별생각 없이 보낸 사람도 확인하지 않고 그 메일을 열어보았고—.

"끄아아아아아아아아아아아아아아아아아아아아아아~~~!!!"

—다음 순간, 내 처절한 절규가 호텔 전체에 메아리쳤던가, 치지 않았던가…….

둘만의 아침
NOW♡

■후기 —시원찮은 근황 보고 방법—

안녕하십니까. 마루토입니다.

『시원찮은 그녀를 위한 육성방법』 2권이 무사히 발간됐습니다.

이것은 전부 이 책을 구매해주신 여러분 덕분입니다. 정말 감사합니다.

원래 에로 게임 업계의 은둔형 외톨이였던 제가 라이트노벨을 내게 된 데는 소설을 쓰고 싶다는 목적 외의 또 하나의 목적이 있었습니다.

그것은 바로 출판업계에 관한 지식을 얻는 것입니다.

게임을 만들기만 해서는 알 수 없는 출판 업계의 각종 상식, 비상식을 접해 창작 활동의 양식으로 삼을 뿐만 아니라 술자리에서의 이야깃거리로도 활용하려는 매우 썩어빠진…… 아니, 긍정적인 의욕으로 마음속을 가득 채운 채 이 세계에 발을 들였습니다.

그리고 결과적으로 많은 도움이 되었습니다. 재미있는 정보와 지식을 얻었죠. 그것만으로도 라이트노벨을 쓰기 잘했다고 생각했습니다.

예를 들어 인세 비율, 중판이 결정된 후부터 실제로 서점에 진열되는 데 걸리는 시간, 판매 랭킹과 실제 판매 부수 사이에 차이가 발생하는 이유, 서점 간의 알력 관계 등등…….

그 외에도, 생각보다 디지털화되지 않은 종이 중심의 문화…… 이 점은 2권 마감 직전에 벌어진 처절한 공방 때 처절히 느꼈습니다. 우와아, 이 많은 수정 부분을 다 손으로 고치는구나…….

왠지 전부 꿈도 희망도 없는 이야기인 건 기분 탓……이 아니군요. 솔직히 말해 정말 많은 걸 배웠습니다. 앞으로의 창작 활동에 도움……이 아니라, 이미 작품 안에서 써먹고 있군요.

아, 맞다. 게임 제작과 가장 차이가 나는 부분은 작업 방식입니다.

게임은 시나리오의 볼륨이 엄청나기는 하지만 처음부터 끝이 보이기 때문에 골을 향해 계획적으로 나아가기만 하면 됩니다. 하지만 소설은 한 권 한 권의 볼륨은 적지만, 쭉 이어서 작업을 해나갈 수 없기 때문에 작업 자체를 질질 끌게 되는 경향이 있습니다. 처음에는 이 감각에 좀처럼 익숙해지지 않더군요.

하지만 독자 여러분과 편집자님, 그 외에도 많은 관계자 여러분들이 지원해주신 덕분에 작업을 계속해나가고 있습니다. 여러분, 정말 감사합니다.

여러분 덕분에 3권 발매도 확정됐습니다. 감사합니다. 아, 발매일과 마감이 벌써 결정됐어요? 하아, 최선을 다하겠습니다.

그리고 코미컬라이즈도 확정됐습니다. 그것도 세 개나요. 정말 영광입니다. 오오, 오리지널 스토리도 있군요. 버라이어티한 걸요. 어, 기본 플롯 마감일이 얼마 남지 않았다고요? 거, 걱정 마십시오. 반드시 마감 안에 끝내겠습니다.

그리고 드래곤매거진에 2권 관련 특집이 실리게 되었습니다. 1권 때도 신세를 졌는데 2권 때도 또 신세를 지게 됐습니다. 아, 단편만이 아니라 줄거리와 소개 글도 쓰라고요? ……그, 그걸 전부 실어주시겠다니, 정말 영광입니다.

예? 다음 주에 도쿄에서 회의를 할 거라고요? 저는 나고야에 사는데요?

혹시 라이트노벨 관련 업무라는 것은 원래 이렇게 눈덩이처럼 불어나는 건가……?

그런 생각을 하고 있을 때, 오늘도 편집자님에게서 메일이 왔습니다. 연락 감사합니다. 그 메일 안에는 신규 업무 내용과 마감 일자가 적혀 있었습니다. 아, 예. 다음 주까지는 반드시 끝내겠습니다요.

자, 그럼 지금부터는 조금 취지를 바꿔, 작품 안에서 나온 게임 기획서에 관한 이야기를 할까 합니다.

아, 내용은 제가 좋아하는 전기(傳奇) 계열 게임을 믹스해 대충 만들었습니다. 솔직히 말해 폐기될 가능성이 큰 엉터리 기획입니다만, 제가 이 자리에서 말하고 싶은 것은 내용이 아니라 서식입니다.

이번 권 말미에 참고 자료로서 게재된 완전판 기획서는 제가 게임 회사에 제출하는 항목과 형식을 그대로 사용했습니다.

파○페도, 곤○도, 화이트○범2도 세세한 부분은 다르지만 거의 같은 양식으로 작업했습니다(물론 모든 캐릭터를 다 담느라 분량이 참고 자료의 몇 배는 됐습니다).

즉, 이런 양식으로 기획서를 써서 제출하면 마음 착한 클라이언트님이 속아…… 아니, 여러분의 이야기를 들어줄 겁니다. 제가 보증하죠.

그러니 여러분도 흥미가 있으면 에로 게임을 만들어보지 않겠습니까? 아, 미성년자이신 분들은 성인이 되신 후에 말이죠.

에로 게임 라이터들은 툭 하면 도망치니까 여러분에게도 금방 찬스가 올 겁니다(실언).

그럼 마지막으로 도와주신 분들에게 감사 인사를 드릴까

합니다.

미사키 씨. 이번에도 기합이 가득 들어간 일러스트를 그려줘서 정말 감사합니다. 마음속 깊은 곳이 옥죄어 지는 느낌이 드는 멋진 일러스트입니다. 편집자에게 "이 노출 레벨은 NG." 같은 소리를 들으며 혼나면서도, 에로 게임 제작자끼리 힘을 합쳐 앞으로도 최선을 다합시다.

하기와라 씨. 출판 업계의 세례를 비롯해 여러모로 감사합니다. 하기와라 씨 덕분에 저도 종이라는 매체에 익숙해…… 죄송합니다. 정말 죄송합니다. 두 번 다시 그런 폐를 끼치지는 않겠습니다. 적어도 올해는 말이죠.

그리고 1권에서 포기하지 않고 2권까지 따라와 준 독자 여러분……. 약속대로 평생 충성하겠습니다요. 저는 한 번 말한 건 지키는 남자입니다. 그리고 있을지 없을지 모르겠지만, 1권을 구매하지 않고 2권부터 구매해준 독자 여러분. 1권은 금발 트윈 테일과 녹색 체육복이 표지를 장식하고 있으니 꼭 구매해주십시오.

그럼 3권에서 다시 뵙겠습니다.

2012년, 가을

마루토 후미아키

시원찮은 그녀(히로인)를 위한 육성방법

참고 자료

동인 게임 기획서(제1판) 2012/07 카스미 우타코

■타이틀: 윤리 군의, 윤리 군에 의한, 윤리관으로 가득 한 초(超) 건전 미소녀 게임 기획(가제)

■장르: ADV

·전형적인 커맨드 선택식 어드벤처 게임.

■콘셉트 : 연애&환생&과거 개변(改變)

·이벤트를 통해 히로인과 가까워지는 전형적인 연애 어드벤처에, 환생 요소(전생의 인연, 기억 계승 능력)를 더해, 히로인과의 인연을 더욱 강렬하게 그려나간다.

→「키즈○토」, 「구○의 반」 등, 과거의 환생물 중 명작으로 꼽히는 작품들의 요소를 따올 뿐만 아니라 이 작품의 독자적인 요소도 추가한다.

·또한, 전생의 기억에 개입함으로써 현재의 비극을 회피하는 등, 피할 수 없는 운명으로부터의 역전극을 통해 카타르시스를 그려나간다.

→「YU-N○」, 「슈○인즈 ○이트」 등을 모티프로 삼는다.

하지만, 시스템적 측면에서가 아니라 어디까지나 스토리적 측면에서의 계승으로 한정한다.

■무대:

·한 지방 도시.

신흥 주택가에서 약간 떨어져 있어 시골 경관이 남아 있는 마을.

마을 중심에 커다란 언덕이 있으며, 봄이 되면 아름다운 벚꽃이 언덕길 양편에 흐드러지게 핀다.

■시스템:

·행동 선택지와 장소 선택지, 양쪽을 전부 채용.

장소 선택으로 공략 히로인을 선별하고, 행동 선택을 통해 히로인의 호감도를 올리는 방식을 취함.

·또한, 현대 편과 과거 편이 존재하며, 현대 편의 행동이 과거 편에 영향을 끼치기도 한다.

■캐릭터 숫자:

히로인은 3~4명.

메인 히로인 한 명, 서브 히로인이 2~3명.

■캐릭터:

●주인공(현세): 아즈미 세이지(16세)

·전학생. 부모님의 전근 때문에 이 지역으로 이사 옴.

·리더십이 강하며, 남들을 이끌고 나가는 타입. 하지만 잘난척쟁이.

· 옛것을 높이 사는 버릇이 있으며, 태어나기 전 시대에 대해 해박하다(실은 부친의 기억을 계승했다).
· 메구리와 만난 후, 더욱 옛날(제2차 세계 대전 당시)의 기억까지 되살아난다.

● 주인공(전생): 히노에 소마(18세)
· 세이지의 전생(증조부).
· 세이지와 마찬가지로 책임감과 리더십이 강하다.
하지만 성격은 세이지와 달리 진지한 편.
· 여동생인 루리를 사랑하지만, 일족과 정부의 방침에는 회의적.
일본의 패전을 지켜본 그는 앞으로 일족이 나아갈 길을 고민하고 있다.

● 메인 히로인(현세): 카노 메구리(16세)
· 고등학교 2학년. 전학 온 세이지와 같은 반이 된다.
· 이사 온 세이지가 언덕 위에 있는 벚나무 아래에서 처음으로 만난 소녀.
· 약간 어벙하며 눈에 띄지 않는 편이지만, 자세히 보면 미소녀.
· 처음에는 자신에게 계속 대시하는 세이지에게 별다른 관심을 보이지 않으며 단순한 친구로 여겼다.

하지만 세이지의 내면을 접한 후, 그를 점점 신경 쓰기 시작한다.

●메인 히로인(전생): 히노에 루리(12세)
·메구리의 전생(증조모).
·소마의 친동생. 병약하며 살갗이 흼. 몸은 약하지만 능력만큼은 일족 최강임.
히노에는 원래 여계 가족이며, 그런 가문의 여성인 루리의 기억 계승은 일본 중세 초기에까지 이른다고 한다.
·오라버니인 소마를 진심으로 사랑하며, 그를 위해서라면 목숨마저 버릴 수 있다고 생각하고 있다.

●기타 히로인은 별도 기재.

■환생 관련 설정

·엄밀하게 말하자면 환생이 아니라 기억의 계승.

·주인공, 메인 히로인의 공통된 선조인 히노에 일족은 고대부터 특수한 능력을 계승해왔다.

그 능력이란, 선조의 기억을 거의 완벽하게 이어받는 것이다.

·일족의 피가 진할수록 이 계승 능력 또한 강하며, 오랫동안 유지된다.

즉, 능력이 강하다면(피가 진할수록) 부모뿐만 아니라 조부모, 증조부모, 등 몇 대 이전의 기억까지 유지할 수 있는 것이다.

·하지만 계승은 동성(同性) 간에만 가능하다. 남자는 부친의, 여자는 모친의 기억만 이어받는다.

그렇기에 몇 대에 걸쳐 기억을 계승해나가기 위해서는 대대로 남성(혹은 여성)을 낳아야만 한다. 예를 들어 아이가 전부 여자일 경우, 부친의 기억을 이어받을 수 있는 이가 없기 때문에 그대로 대가 끊기고 만다.

·특수 능력을 지닌 일족인 히노에 일족은 각 시대의 정권들에게 보호와 이용을 동시에 당했다.

그리고 수많은 기술, 역사, 문화를(안팎 전부) 후세에 전하는 역할을 담당했다.

·위에서 밝혔듯, 피를 진하게 이어받으면 능력 또한 강하기 때문에, 이 일족은 근친혼을 당연시 여겼다. 그리고 순도 높은 아이일수록 일족의 수장 혹은 중요 인물로 발탁되었으며, 신분 또한 높았다.

·주인공과 히로인의 전생(주인공의 증조부와 히로인의 증조모)은 원래 형제이며, 장래를 약속한 약혼자 사이였다. 일

족에서는 그것을 당연시했으며, 그들의 가계는 애초부터 순도가 높았기에, 일족의 차기 수장 후보인 주인공은 일족으로부터 기대를 한 몸에 모았다.

·하지만 제2차 세계 대전에서의 패전은 일본뿐만 아니라 일족의 운명 또한 뒤틀고 말았다.

당시 정부는 이 일족의 존재 자체를 어둠 속에 묻기 위해 종전과 동시에 일족의 촌락에 불을 질렀다.

하지만 소마와 루리는 일족 장로들이 목숨을 내던진 덕분에 겨우 탈출하는 데 성공했다. 그리고 언젠가 다시 만날 수 있기를 기원하며 뿔뿔이 달아났다.

·하지만 결국 두 사람은 재회하지 못했다. 두 사람은 다른 상대와 맺어져 자손을 남겼고, 그들을 통해 기억 계승 능력은 희미하게나마 후대로 이어졌다.

·현세의 주인공, 히로인은 히노에 일족의 피가 옅어진 탓에 계승 능력 자체는 약해졌으며, 증조부모의 기억은 희미하게만 남아 있었다.

하지만 전생에서의 두 사람의 능력이 강한 데다, 전생에서 서로를 향한 마음이 너무나도 강했기 때문에, 현세의 두 사람이 가까워질수록 기억 또한 선명해졌다.

·최종 시나리오에서는, 이 기억 계승 능력이 기억 역행 능력으로 진화하면서 과거를 바꿀 수 있게 된다.

(상세한 부분은 아직 미정. 과거 개변의 시나리오 포함 여부를 비롯해 전체적인 검토가 필요)

■ 대략적인 스토리 구성

●공통 루트

·부모의 전근으로 한 지방 도시에 이사 온 주인공, 세이지.
처음 와본 곳인데도 왠지 눈에 익었다.

·집 근처에 있는 벚나무 언덕에서 길을 잃었을 때, 우연히 한 소녀와 마주친다.
그리고 운명적인 무언가를 느끼는 세이지.

·전학 간 반에서 그 소녀와 재회한다. 그녀의 이름은 카노 메구리였다.
하지만 메구리는 세이지를 기억하지 못했기에, 운명적인 재회는 이루어지지 않았다.
그 때문에 골이 난 세이지는 타고난 뻔뻔함을 이용해 메구리에게 더욱 대시한다.
메구리는 그런 세이지에게 화를 내지도 기뻐하지도 않았다. 그저 그를 친구처럼 대하기만 했다.
세이지는 그런 메구리에게 더욱 관심을 가지게 된다.

·메구리 외에도 다수의 히로인이 등장해, 학원 러브 코미디 풍으로 스토리를 전개할 예정이다.
(기타 히로인 시나리오는 별도 기재)

·어느 날, 우연히 함께 하교하게 된 세이지와 메구리. 두 사람은 예의 벚나무 언덕을 지나간다.
세이지는 그곳을 지나면서 자신과 그녀가 처음 만났을 때의 이야기를 한다. 하지만 메구리는 그것이 『재회』라고 말한다.

그 전에 그녀를 만난 적이 없는 세이지는 그녀의 말에 의문을 가진다.

하지만 평소와 다름없는 태도를 취하는 메구리를 본 세이지는 자

신이 잘못 들은 것이라고 단정 짓는다.

·그리고 헤어지는 순간, 메구리는 낮은 목소리로 중얼거렸다.

『안녕히 주무세요, 오라버니.』

●메구리 루트

·그날로부터 몇 주 정도가 흘렀을 즈음. 세이지는 여전히 메구리를 따라다녔고, 메구리는 그런 세이지를 평범한 친구처럼 대했다.

하지만 제삼자의 입장에서 보면 두 사람은 커플로 보일 만큼 가까워 보였다.

그리고 그로부터 얼마의 시간이 흐른 후, 서로의 마음을 확인한 두 사람은 연인 사이가 된다.

·하지만 연인 사이가 된 후부터, 메구리는 조금씩 이상해져가기 시작했다.

세이지에 대한 과도한 집착, 때때로 그녀에게서 엿보이는 무의식적인 공포심, 그녀가 태어나기 전 시대의 기억.

마치 메구리 외의 누군가가 그녀의 마음속에 있는 것만 같았다…….

·그리고 기억이 역행되면서, 전생의 자신이 품었던 연심과 일족에게 일어난 사건을 떠올린 메구리.
(『환생 관련 설정』 참조)

일족을 멸망시킨 흑막이 이 마을에 있다는 사실.

그 사실이 외부에 흘러나가는 것을 막기 위해 그 흑막이 자신을 이 마을에 옭아매어 두었다는 사실.

그녀가 옛 풍경과 일을 떠올릴 때마다, 두 사람의 주위에서 불가사의한 일이 일어나기 시작했다.

(메구리와 세이지가 사망하거나 헤어지고 마는 배드 엔딩도 다수 배치)

·몇 번이나 위기에 처했던 두 사람은 서로를 지키기 위해 그 흑막과 싸우기로 결의한다.

루리의 기억을 일깨워 사건의 진상을 파헤치는 메구리.

그리고 소마의 과거 행적에 간섭해 과거의 기억을 새롭게 『창출』하는 세이지.

절체절명의 위기에 처한 순간, 과거의 행동에서 새로운 정보(비밀 통로나 상대의 약점)를 얻은 세이지는 그 정보를 이용해 적을 격퇴한다.

·그리고 위기에서 벗어난 두 사람은 70년이라는 세월을 넘어 드디어 맺어진다.

·1945년. 전쟁이 끝난 후 함께 벚나무 언덕을 걷는 소마와 루리(어긋난 세계선에서의 회상).

『이제부터는 항상 함께 있을 수 있는 거죠? 오라버니.』

그리고 현대, 싸움이 끝난 후, 벚나무 언덕을 걷는 세이지와 메구리.

『이제부터는 항상 함께 있을 수 있는 거지? 오빠.』

■텍스트 용량:

공통: 200KB

개별: 300KB × 히로인 숫자

계: 약 1.1MB~1.4MB

■제작기간:

플롯 작성: 1M

시나리오 작성 (공통): 1M

시나리오 작성 (개별): 1M × 히로인 숫자

계: 약 5~6M

■역자 후기

안녕하십니까. 근로청년 번역가 이승원입니다.

『시원찮은 그녀를 위한 육성방법』 2권을 구매해주셔서 진심으로 감사드립니다.

『시원찮은 그녀』 역자의 멋대로 미소녀 게임 토크 제2탄!

이번 역자 후기에서는 어느 미소녀 게임에 대한 이야기를 해볼까 고민을 했습니다.

2권에서 언급된 파르페, 곤약, 그리고 구원의 반 등의 미소녀 게임 중 하나를 이야기해볼까도 생각했습니다.

그리고 이번 권에서는 애니메이션 패러디(에반게리온:파, 건담윙 엔드리스 왈츠 등)도 꽤 있었기 때문에 그쪽에 대해서 이야기해볼까도 생각했죠.

마지막으로 미소녀 게임계에 엄청난 충격을 가져온 하급생2(……)와 화앨2(새, 생각만 해도 위가……)에 관해 이야기할까도 고민해봤습니다.

그리고 고심 끝에 1권에서 다룬 『두근두근 메모리얼』과 함께 제 인생에 큰 영향(?)을 끼친 2대 작품 중 하나에 대해 이야기해볼까 합니다.

그 작품은 바로……『프린세스 메이커』!

제가 『프린세스 메이커』라는 게임을 접하게 된 것은 중학교 때입니다. ……엘프 사(社)에서 나온 전설의 명작 게임 『동○생』에 빠져 살던 저는 친구의 추천으로 이 게임을 접했습니다. 그리고…… 제대로 플레이해본 적은 거의 없습니다(어이).

게임 안에 있는 모 파일(일명 DD파일)을 지우면 펼쳐지는 에로틱의 세계만이 제 목표였거든요, AHAHA.

저 파일을 지우면 우리의 귀여운 딸내미의 옷이 사라지면서…… 그 뒤의 내용은 여러분의 상상에 맡기겠습니다. 아무튼, 당시의 순진무구했던 저는 이 꿈과 희망을 학교 컴퓨터실에서 친구들과 공유했고…… 결국, 선생님에게 걸려서 엄청 혼났습니다. 얼마나 혼났냐고요? 으음, 학생기록부에 치욕적인 글귀(……털썩)가 남을 뻔했죠. ^^

그래도 저와 친구들은 한 달간 교직원 화장실을 청소하게 됐습니다. 그 일로 쓴맛을 톡톡히 본 저는 『프린세스 메이커』라는 게임과 인연을 끊었죠. ……진실을 말씀드리자면 『동급○2』에 푹 빠져버리기도 했고요. ^^

그렇게 『프린세스 메이커』를 어릴 적의 추억으로 여기며 지내던 제가 이 작품과 제대로 인연을 맺은 것은 한일 월드

컵 다음 해인 2003년에 이르러서입니다.

우연히 GP32라는 국산 휴대용 게임기를 얻은 저는 이 게임기로 발매된 게임 중 『프린세스 메이커』가 있다는 사실을 알고는 바로 구매했습니다.

발매된 게임이 몇 개 안 되어(단종될 때까지 발매된 게임이 20개도 안 됩니다-_-) 어쩔 수 없기도 했지만, 저를 한 달 동안 화장실 청소 하게 한 게임이 대체 어떤 것인지 알고 싶다는 생각도 있었습니다.

그리고…… 완전히 빠져버리고 말았습니다.^^

용사인 주인공이 천계의 여자아이를 키우는 단순한 스토리 라인이지만, 그 여자아이는 유저의 플레이에 따라 천차만별로 성장한다는 사실이 정말 매력적이었습니다.

그리고 교육과 아르바이트, 그리고 무사 수행을 통해 딸이 성장해나가는 모습을 보는 것도 정말 즐겁더군요. 그러면서 점점 딸에게 감정 이입을 하기 시작했습니다. ……돌아올 수 없는 강을 건너고 만 거죠, AHAHA.

그 결과, 한 2년은 『프린세스 메이커』라는 게임에 빠져 살았습니다. 공략집도 안 보고 그냥 마음 가는 대로 플레이했기 때문에 할 때마다 엔딩이 달라지더군요. 제목처럼 공주가 되는 엔딩도, 그리고 딸이 여러 가지 의미에서 타락(?)해버리는 엔딩도 봤습니다. 만약 GP32가 박살 나지 않았다면 아직도 하고 있을지도 모르겠군요.

2편을 정말 재미있게 플레이했기 때문에 그 후에 나온 시리즈도 기대했습니다만, 2를 플레이할 때의 감동을 다시 맛볼 수는 없더군요. 정말 아쉽습니다. 언젠가는 『프린세스 메이커2』 이상의 『프린세스 메이커』가 나오기를 진심으로 빌고 있습니다.

그럼 이만 줄이겠습니다.

이 작품을 저에게 맡겨주신 삐야 님과 L노벨 편집부 여러분. 정말 감사합니다. 다음에는 어떤 명작의 패러디나 개그가 나올지 기대하며 번역 중입니다.

파티하자면서 먹을 것을 잔뜩 사서 우리 집으로 쳐들어온 지인들이여. 나, 마감이라서 오늘 참가 안 한다고 말했을 텐데?! 너희, 조건 반사적으로 우리 집에 쳐들어왔지?!

마지막으로 언제나 제게 버팀목이 되어주시는 어머니와 『시원찮은 그녀를 위한 육성방법』을 읽어주신 모든 분들에게 진심으로 감사드립니다.

금발 트윈 테일 혼혈 아가씨의 이런저런 면(?)을 볼 수 있는 3권 역자 후기에서 다시 뵙겠습니다!

2014년 8월 중순

역자 이승원 올림

시원찮은 그녀를 위한 육성방법 2

1판 1쇄 발행 2014년 10월 10일
1판 10쇄 발행 2018년 4월 24일

지은이_ Fumiaki Maruto
일러스트_ Kurehito Misaki
옮긴이_ 이승원

발행인_ 신현호
편집국장_ 김은주
편집진행_ 최은진 · 김기준 · 김승신 · 원현선 · 김솔함 · 권세라
편집디자인_ 양우연
국제업무_ 정아라 · 고금비
관리 · 영업_ 김민원 · 이주형 · 조인희

펴낸곳_ (주)디앤씨미디어
등록_ 2002년 4월 25일 제20-260호
주소_ 서울시 구로구 디지털로 26길 111 JnK디지털타워 503호
전화_ 02-333-2513(대표)
팩시밀리_ 02-333-2514
이메일_ lnovelpiya@naver.com
L노벨 공식 카페_ http://cafe.naver.com/lnovel11

원제 Saenai heroine no sodate-kata. Vol.2

ISBN 978-89-267-9796-9 04830
ISBN 978-89-267-9771-6 (세트)

값 6,800원

L NOVEL

내 현실과 온라인 게임이 러브코미디에 침식당하기 시작해서 위험해 1~7권

후지타니 아루 지음 | 미시마 쿠로네 일러스트 | 유은하 옮김

사기미야 케이타는 온라인 RPG의 헤비 유저.
여성 캐릭터로 멤버 대부분이 여성 플레이어인 길드에 소속되어있던 케이타지만,
정모에 참가했다가 길드의 유일한 남자 캐릭터인 기사님으로 오해받아서
현실에서도 게임 내에서도 인기 절정 상태로!
이건 무슨 함정인가?

벗어날 곳은 없다!!
온라인과 현실을 넘나드는 오프&온라인 러브코미디!